奥斯卡
经典文库
[030]

The Motorcycle Diaries

摩托日记

（古巴）切·格瓦拉●著　代芳芳●译　何亮●丛书主编

首都师范大学出版社
CAPITAL NORMAL UNIVERSITY PRESS

图书在版编目(CIP)数据

摩托日记/(古)格瓦拉著；代芳芳译. —北京：首都师范大学出版社，2017.3（2019.7重印）

(奥斯卡经典文库)

ISBN 978-7-5656-2943-3

Ⅰ.①摩… Ⅱ.①格… ②代… Ⅲ.①日记—作品集—古巴—现代 Ⅳ.①I751.65

中国版本图书馆 CIP 数据核字(2016)第 099514 号

MOTUO RIJI

摩托日记

(古巴)切·格瓦拉 著 代芳芳 译

责任编辑 刘志勇

首都师范大学出版社出版发行

地 址 北京西三环北路 105 号

邮 编 100048

电 话 68418523(总编室) 68982468(发行部)

网 址 http://cnupn.cnu.edu.cn

印 刷 龙口市新华林文化发展有限公司

经 销 全国新华书店

版 次 2017 年 3 月第 1 版

印 次 2019 年 7 月第 2 次印刷

开 本 880mm×1230mm 1/32

印 张 6

字 数 125 千

定 价 28.00 元

总序： 电影的文学性决定其艺术性

不是每个人都拥有将文字转换成影像的能力，曾有人将剧作者分成两类：一种是“通过他的文字，读剧本的人看到戏在演。”还有一种是“自己写时头脑里不演，别人读时也看不到戏——那样的剧本实是字冢。”为什么会这样，有一类人在忙于经营文字的表面，而另一类人深谙禅宗里的一句偈“指月亮的手不是月亮”。他们尽量在通过文字(指月亮的手)，让你看到戏(月亮)。

小说对文字的经营，更多的是让你在阅读时，内视里不断地上演着你想象中的那故事的场景和人物，并不断地唤起你对故事情节进程的判断，这种想象着的判断被印证或被否定是小说吸引你的一个重要原因，也是作者能够邀你进入到他的文字中与你博弈的门径。当读者的判断踩空了时，他会期待着你有什么高明的华彩乐段来说服他，打动他，让他兴奋，赞美。现实主义的小说是这样，先锋的小说也是这样，准确的新鲜感，什么时候都是迷人的。

有一种说法是天下的故事已经讲完了，现代人要做的是改变讲故事的方式，而方式是常换常新的。我曾经在北欧的某个剧场看过一版把国家变成公司，穿着现代西服演的《哈姆莱特》，也看过骑摩托车版的电影《罗密欧与朱丽叶》，当然还有变成《狮子王》的动画片。总之，除了不断地改变方式外，文学经典的另一个特征，是它像一个肥沃的营养基地一样，永远在滋养着戏剧，影视，舞蹈，甚至是音乐。

我没有做过统计，是不是20世纪以传世的文学作品改编成电影的比例比当下要多，如果这样的比较不好得出有意义的结论的话，我想换一种说法——是不是更具文学性的影片会穿越时间，走得更远，占领的时间更长。你可能会反问，真是电影的文学性决定了它的经典性吗？我认为是这样。当商业片越来越与这个炫彩的时代相契合时，“剧场效果”这个词对电影来说，变得至关重要。曾有一段时期认为所谓的剧场效果就是“声光电”的科技组合，其实你看看更多的卖座影片，就会发现没那么简单。我们发现了如果两百个人在剧场同时大笑时，也是剧场效果(他一个人在家看时可能不会那么被感染)：精彩的表演和台词也是剧场效果；最终“剧场效果”一定会归到“文学性”上来，因为最终你会发现最大的剧场效果是人心，是那种心心相印，然而这却是那些失去“文学性”的电影无法达到的境界。

《奥斯卡经典文库》将改编成电影的原著，如此大量地集中展示给读者，同时请一些业内人士做有效的解读，这不仅是一个大工程，也是一件有意义的事。从文字到影像；从借助个人想象的阅读，到具体化的明确的立体呈现；从繁复的枝蔓的叙说，到“滴水映太阳”的以小见大；各种各样的改编方式，在进行一些细致的分析后，不仅会得到改编写作的收益，对剧本原创也是极有帮助的，是件好事。

——资深编剧　邹静之

主编的话：跟随文学人物走进各种各样的命运险境

能参与《奥斯卡经典文库》丛书的编辑工作，我感到特别的荣幸和高兴。说实话，这套丛书的编辑过程不仅给我，也给我们整个编辑团队带来了莫大的兴奋感。

兴奋之一：这是国内首次以大型丛书的形式出版经典电影的文学原著，这无疑是奉献给广大读者的一场阅读盛宴，我们相信无论何种口味的读者，都会从这套丛书里找到自己的最爱，甚至找到陪伴自己一生的精神伴侣。

兴奋之二：我们选择的书目全部是奥斯卡奖得奖或者提名的电影原著。奥斯卡本身就是全球最值得大众信赖的品牌之一，在奥斯卡异常严格的选拔标准下，这一批电影原著小说的艺术质量，还有部分原著是第一次出中文版本，我们之前也并未读过，但读过之后，深为震撼——世界一流的小说确实能带给人直击心灵而又妙不可言的独特感受。

兴奋之三：这套丛书让我们重新认识了文学原著和电影作品之间的互动关系。有的作品我们只看过小说，没有看过电影；而有的作品我们只看过电影，没有看过小说(后一种情况更多一些)。于是在编辑的过程中，我们重新补课，将同一故事的两种艺术形式尽量都补看完整。补完课才发现，文学与电影之间的关系真是太有趣了——电影或者因为时长所限、或者因为视听特性的发扬、或者因为求新求变，通常都要对原来的文学作品做出取舍和改动，电影编剧和导演如何取舍如何改动，背后其实都隐藏着电影创作者的深入思考。而很多文学名著又被不同的电影创作者多次改编，这些不同的电影版本所体现出来的电影创作者的不同趣味、不同表达以及独特个性，每每让我们生发出一种“又发现了一片新大陆”的感觉。我们作为读者和观众，往往会为哪一个电影版本改得更好而争论得面红耳赤——而对于那些两种艺术形式都没看过的朋友来说，我个人的建议，最好先读小说，充分展开自己的想象世界之后，再去看电影，收获绝对不一样。

兴奋之四：比起编剧和导演对文学作品的改编，演员、明星们对文学人物的演绎无疑更能引起大家的好奇和关注，在看完小说之后，带着悠闲而挑剔的眼光，再去评论、比较电影里的明星的表现，甚至去评论、比较不同版本的明星的表现，这给我们带来了数不清的快乐时光。

因为部分原著小说和电影也是我们第一次接触，以上所呈现的，都是我们在编辑过程中非常真实的感受。我们也非常期望我们的工作能带给广大读者同样的兴奋和快乐。《奥斯卡经典文库》为您精心挑选的这些非常优秀的原著小说，完全值得您腾出一点业余时间，全身心投入其中，跟随着那些精彩的文学人物走进各种各样的命运险境，去迎接那些意想不到的感动和震撼。

——北影老师　何亮

导读：英雄的日常

如果非要说在拉丁美洲的自由解放斗争中，有那么一位英雄，他不仅仅影响了拉丁美洲的青年，更感染了全世界的青年，那么我相信从玻利瓦尔时代到我们这个时代，这个人一定是埃内斯托·切·格瓦拉。虽然他已经离世，但格瓦拉已经成为当今世界的一个神话。他散发出的年轻的生命活力似乎从未离我们而去。相反，他神话般的地位越发凸显了他的朝气蓬勃、清廉纯洁的品质，他的这些品质就是其个人魅力的奥秘所在。

一个人若想成为一个神话，成为无数热切希望的象征，那么前提就是这个人必须拥有一种严肃而庄重的气质。这样的理解是正确的，因为历史的乌托邦还需要更多具体的面孔来丰富这一内涵。但是我们不应该忽视这些伟大的人的天性——不应该忽视他们最终掌握这种指引力量之前的人生阶段：他们的童年时期、少年时期和青年时期。当然，我的意思并非要置他们伟大的品性于不顾，而去大谈他们的日常生活。但也正是因为这些看似平淡的日常生活的每一个阶段，组成了他们后来人生的每一段轨迹。

这一切在格瓦拉的身上体现得尤为明显。他与他的挚友阿尔维托·格拉纳多的这趟首次旅程，让一个年轻人或欢呼雀跃或严肃认真的形象在当代年轻人的心中如画作般栩栩如生，透过这些文字，我们甚至能够窥见他的音容笑貌，好似能听见他哮喘病发作时的喘息声。他的一生充满了活力，即便在他成熟的岁月里，他的青春依然如故。

《摩托日记》，记录了一场毫不犹豫、说走就走的旅行，是旅行的工具机车噪音很大的“大力神二号”摩托车(尽管半路抛锚了，但是这辆车仍然给这两位探险者带来了愉快的悸动，因而，我们也同样感受到了这种悸动。)如风般自由地行驶在路上，一心只想要了解这个世界，这对于那些不仅仅想要生命有条不紊地延续而又充满激情和冲劲的年轻人来说，无疑是快乐的。

“这不是一个英雄的传奇故事”，这位后来成为20世纪最伟大的英雄之一的年轻人就这样点醒着我们。这个“英雄主义”一词，让其他词汇逊色不少，因为我们在阅读这本书的时候难免会联想到格瓦拉在马埃斯特腊山脉中那矫健的身影，不能不联想到他抵达玻利维亚克夫拉达-德尔优罗那个至臻完美的形象。初读这些手稿的时候，它们尚未装订成册，而我也不知道背后的作者是谁。彼时还更为年少，但我很快便能辨识出这位作者来，他对自己的经历娓娓道来，流畅自然。当然，随着阅读的深入，我逐渐对主人公有了更深入的认识，当然，也很庆幸自己是他的女儿。

写这个导读，虽然会剧透给读者将会在这本书的阅读中领悟到的情节，只是我深信不疑的是当你们最终品读完这本书的时候，你们一定会想置身于他们曾历经的情境，不管是被他们所描述的美丽景色所吸引还是被他们所传达的强烈感情所感染。

总有那么一些时候，我幻想着取代了阿尔维托在摩托车上的位置，伏在父亲的背上，随他一起去闯荡天涯，一起去环山绕水。我承认有的时候我不得不任父亲将一切诉诸笔端，特别是在他生动地描绘一些我根本无法用言语表达的场景的时候。每当这时，他就再一次证明了他一如既往的坦诚正直和特立独行。

老实说，越是深入地阅读这本书，我就越不可遏制地爱上了我父亲，那时，他还是个小伙子呢。不知你们能否与我感同身受，当我置身于书中，我就越发了解年轻的埃内斯托，带着对于探险的热爱和完成伟大使命的渴望，离开了阿根廷，而当这位小伙子在了解了这片大陆的真相后，他的人格思想越发成熟了，社会阅历也越发丰富了。

慢慢地，我们会见证他的梦想和志向是如何发生变化的。他日益了解到这片陆地上其他人的苦难并让这些民生疾苦成为他生命中的一部分。

一开始，这位有着怪异行为和疯狂不羁的举止的年轻小伙子，让我们忍俊不禁，然而，他以我们意想不到的速度迅速变得多愁善感起来。他诉说着拉丁美洲复杂的本土世界，人们因穷苦还惨遭剥削。尽管这样，他始终没有丧失幽默的气度，相反，幽默的功夫还更上一层楼了。

我的父亲，“ese，el que fue”(“那个曾经的自己”)通过优美生动的语言，栩栩如生地将一幅幅风情画展示在我们面前，使我们仿若身临其境，向我们展示了一个鲜为人知的拉丁美洲。

他的描述不同于世俗的乏味。他的遣词造句让我们听到了我们从未听闻的声音，将我们带入了一个兼具美丽和粗犷的世界，那里的一切震撼了父亲浪漫的心灵，但他却从未丢失过他的柔情，即使在后来的革命长征中，他也愈发坚强，却也始终铁汉柔情。在这场旅行中，他渐渐懂得，相较于那些让他成为一名优秀医生的科学技术而言，贫苦人民更需要的是他坚持革命的力量和勇气，以及需要他帮助他们变革以改变社会，帮助他们解放被践踏了几个世纪的尊严。

如果非要解释，那我只能说这个年轻人带着对知识的渴望和对人类的大爱进行的这一次探险，或许能够感染一个人的一生并且改变这个人的思维方式。

读着父亲留下来的这些手稿，这些洋溢着真诚、爱意和雄才大略的手稿，我感觉到从未如此亲密地接近过他。但愿你们也能享受这些文字的盛宴，一起融入他的人格和他一起上路开始旅行。

如果你有幸能够追随他踏过的足迹，你会痛心地发现很多事情并没有得到改善，更有甚者愈演愈烈！这对于那些与我父亲一样的年轻人来说，对于那些想成为跟埃内斯托一样对抗这个不公平世界的人，并且以一腔壮志想要创造一个公平世界的人来说，无疑是一个巨大的挑战。

我想我该就此打住了。他在有生之年，展示了他的力量与柔情，他就是让我最敬爱的人！

阿拉达·格瓦拉·马尔奇①

---

① 即切·格瓦拉的女儿。——译者注(本书除特别标示外，均为译者注，不复标注。)

自序：彼此理解

这既不是一个英雄主义的故事，也不仅仅是一份愤世嫉俗者的自白，至少在我的理解中我不希望这本书沦为此类，这是两个不同生命在一段时期内因为相同的希望和梦想而平行前进的一段共同历程。

就一生而言，九个月的时间可以思索很多东西，从最深邃的哲学冥想到最绝望的对一碗热汤的渴求——一切不过取决于其胃部的状态。与此同时，如果他是一个探险者，他将会经历一些别人看来饶有趣味的小插曲，而他不经意或偶然地记录下的那些东西则很可能成为现在你所读的内容。

当一枚硬币被抛入空中，在空气中旋转翻腾多次，最终着地或是正面又或是反面。人类，这个万物的统治者，在此刻通过我的嘴将我的见闻细细道来。很有可能我抛掷的硬币正面着地十次才遇见一次反面着地，又或者十次反面着地之后才得以见到一次正面着地。

事实上一切皆有可能，并且没必要寻找托词，毕竟语言只能描绘眼睛所真切看见的。是因为我们视野不够全面还是因为时光总是稍纵即逝？又或者是因为我们才疏学浅或者判断过于武断？但是无论如何，我们可以肯定的一点就是我们的手指在转瞬即逝的冲动驱使下按动打字机，记录下我们所想所闻的一切。并且，没人会为这些文字负责任了。

写下这些文字的人在再次踏上阿根廷土地的那一刻早已

经离我们远去。对这些文字进行整理和润色的这个人，也就是我，早已不再是曾经的那个我。在“大写的美洲”之上的这次历险，比我想象中更大程度地改变了我自己。

所有的摄影指南书上，必然会附带一张异常清晰的风景照。这些照片通常拍摄于晚上，天空挂有一轮满月。这种“白昼里的黑暗”奇景的秘密通常隐藏于照片附着的文字中。读者们应该很难对我的所有见闻感同身受，毕竟我自己还尚未完全意会。

所以，即使读者们对照着文字看我的“照片”，也未必能懂其中的深意。也就是说，若我给你一张宣称是在晚上拍的照片，你可以选择相信或是怀疑。这些对于我来说都不重要了，如果你不是碰巧刚好知道我所描绘的“照片”，那么，要找到我笔下的真相的替代物是很困难的。现在，我先离场，留下你和曾经的我同在……

目　录

扬尘出发

十月的一个早晨。得益于从 17 世纪延续下来的假期制度，我动身前往科尔多瓦。我们相聚在阿尔维托·格拉纳多家的葡萄架子下品尝着天马黛茶，一边评论着这“婊子似的生活”中的时事，一边修理着“大力神二号”摩托车。

阿尔维托一直在为他的遭遇唉声叹气——他不得不辞去了位于圣弗朗西斯科-德尔查尼雅尔麻风病院的工作而去了薪水少得可怜的西班牙医院工作。我当时也辞去了自己的工作，不过与阿尔维托不同的是，我倒是痛快地离开了原单位。我总感觉压力山大，渴望成为一名造梦者的想法给了我无限的压力，让我无法从医学院、医院或者是各类考试中解脱出来。

沿着梦想中的道路，我们抵达遥远的国度，航行于热带的海洋并游遍了整个亚洲。忽然，种种幻想冲破脑海，几个问题接踵而至：

“为什么我们不动身前往北美?”

“北美？可是要怎么去?”

“骑着‘大力神’啊!”

就这样，这场旅途最终被提上日程。它从未背离过此刻我们定下的初衷：随意而行！阿尔维托的弟弟也加入我们的行列中来，和我们一起品尝天马黛茶。我们约定要严守梦想，在不达目的前绝不放弃！我们着手开始了乏味冗长的签证、证书和档案的办理流程，也就是说，我们克服了现代国家针对旅行者所设置的种种障碍。为了给自己留一丝余地和面子，我们决定对外宣称我们只是要去智利。

在动身以前，我最重要的任务是尽可能多地完成各科目的考试，而阿尔维托的任务则是为这次长旅备好“战马”并查阅整理好路线。那时候，我们根本没有想过途中我们会遇到多大的艰难险阻，我们的眼里只有前方的路上尘土飞扬，而我们骑着摩托车驰骋，将身后的千万里路途吞没在我们北行的征途中。

聆听大海

一轮满月高挂天空，银色的倒影晕染在海面上，为波浪镀上了一层银辉。我们坐在沙丘上，看着波浪拍岸，心头思绪万千。于我而言，大海仿佛是我的挚友一般，总是默默倾听着我心里的秘密，然后用那犹如呢喃一般的涛声，低沉而温和地安抚着我，带给我无言的安慰。

阿尔维托看着这一新奇的景象，不禁心潮澎湃。只见他两眼紧紧盯着海面上，看波浪起伏、翻滚，慢慢趋于平静。几近而立之年的他，还是生平首次看到大西洋，眼前的景象令他折服，大西洋的层层浪涛仿佛化作了千万条细流，渐渐地奔向地平线的尽头。

清风徐徐，大海的咸腥味迎面扑来，万物都仿佛不同了，甚至那只顶着古怪高耸的小鼻子的小狗——“归去来兮”，也瞪着圆滚滚的眼睛，盯着海面上瞬息万变、不断翻涌的银色丝带，看得目不转睛。

小狗“归去来兮”有着两层意义，它既象征着我的希望——早日与它团圆，又因为它是一个幸运儿，那是因为它从出生便历经磨难，但皆大难不死——它曾两度从摩托车上摔下，甚至其中一次从车后架上连同狗袋一起飞了出去，但仍然安然无事。还有一次接连拉了几天肚子，甚至被马踩过，最后也是平安收场。

在走过第一个一千二百公里后，我们终于到达了位于马德普拉诺北部的格塞尔镇。叔叔热情款待了我们，我们终于能有机会补充给养了。虽然这看上去是最为轻松的一段路程，但是其中的艰难辛苦，令我们深深地为今后的行程忧虑。我们不知道最终我们是否能到达目的地，但是可以肯定的是，道路前方必是荆棘丛生——至少此刻我们最真实的想法就是如此。

阿尔维托拿出了原来那份无比详细的旅行计划，不禁勾起嘴角自我嘲讽了一番，因为如果按照那份计划，此时旅途应该接近尾声了，而事实却是，我们的旅途才刚刚开始。

我们满载着叔叔“捐献”给我们的蔬菜和肉罐头离开了格塞尔。叔叔让我们一到巴里洛切就给他发一份电报，这样他就可以用这电报的号码购买一张同号的彩票。在我们看来，这玩笑般的话语似乎带着几分调侃的祝福。

但是，我们的旅途一开始就不被别人所看好，甚至，有人还总是含沙射影地嘲笑我们骑的那辆车连慢跑都比不过，如此云云。由此，我们都打定主意，一定要证明给他们看，这趟旅行必然圆满完成。但是，至今为止，此前的种种还是让我们心里忍不住泛起了嘀咕，不敢轻言此次旅行定然会成功。

沿着海岸线，小狗“归去来兮”一路飞奔，犹如开足马力的飞行员一般，劲头十足。尽管很不幸地又被迎面撞了一次，却毫发未损。因为摩托车的重心偏离，后架超重，前轮就一个劲儿地往上翘，所以很难控制，稍有疏忽便会弄得人仰马翻。

我们停在了一家肉店前，买了些用来烧烤的肉，还买了些牛奶给小狗，但是它竟然理都不理。虽然心疼买牛奶的钱，但我更心疼的是这条小狗，它不吃东西可怎么办呢？

我们开始烧烤的时候，发现买的烤肉居然是马肉。这肉甜得发腻，实在让人无法下咽。于是我便随手扔给了小狗，谁料小狗竟然立马狼吞虎咽地吃了下去。于是我又给它扔了一块，结果还是一样。看来，从此小狗应该“断奶”了。等到了米拉马尔，小狗“归去来兮”憨头憨脑的样子，竟然引来了不少“粉丝”的尖叫，在这片尖叫声中，我开始……

为爱羁绊

在米拉马尔，我给小狗找到了一户新人家，并为小狗取了“归去来兮”这个名字，这名字究其缘由，就是因为这位特别的新主人而取的。写这篇日记的真正目的并不是为了记录在米拉马尔的那些日子，而是为了一个人——在我心里非常特别的人，我一直在等待着她的回答，等待她答应愿意为我守候。结果她拖拖拉拉的，我们的行程也因此耽搁了。

阿尔维托突然意识到了一件事，有了些许的危机感。要是我因此而放弃旅行的话，他就只能一人俩俩独行于美洲大地了。尽管他从未表现出来，但我还是从那似乎一如既往的嗓音里听了出来。

但这时她与我之间必须有一个人妥协，结果便僵持了下来。好不容易才有了进展，甚至有那么一会儿，当我自认为取得胜利而准备离开时，耳畔却回响起了奥特罗·席尔瓦的诗句：

站在船头
我听到水花翻涌
打湿了她的纤纤玉足
彼此凝视
黄昏静好，流年似水
于她与远方之间
我的心

在不停地挣扎
挣脱不开
她那似水般的眼眸
与那柔情的臂弯
她站在泛着雨丝的玻璃窗后
轻轻地啜泣，脸上满布哀戚
她久久伫立，却羞于启齿：
等等
我要随你而去！

然而，后来我想到，在水波中不断漂流的木头，当它有朝一日，真正被潮水冲到它梦寐以求的沙滩上时，它能否真的说出“我胜利了”呢？但那些都是后话了，于当前而言，没有任何意义。原本我只计划逗留两天，却不曾想，一拖八天就过去了。离别是苦涩却又是甜蜜的，我的喉咙仿佛被堵住了一般，万千滋味无从述说。最后，恍然间我仿佛随着冒险的风，飞往想象中神奇的异界，去探索更加奇妙的异境。

犹记那天，我的挚友——大海，从苦难的地狱边缘庇佑了我，将我拉了出来。在一片荒凉的沙滩上，微冷的海风，带着刺骨的寒意。在柔软的沙滩上，我抱膝而坐，四周都悄然无声，万物仿佛都沉静了下来。宇宙中只余下有节奏的漂流声，我的心跳仿佛都在应和一般地鼓动着。

恍然间，我突然感觉到一阵烈烈寒风，带着一阵非同寻常的潮声。悚然一惊，我抬头一看，却发现空无一物，原来只是一场蝴蝶翩迁的周公梦。我又低下头，依旧靠在舒服的大腿上，重返旧梦。随即我听到大海的最后警报，那震耳欲聋的滔天巨浪不断地锤击着我的心脏，撕碎了大海宁静的海面。

凉意袭人，我们便离开了海滩，身后已是浪涛翻涌，浊浪排空，时不时涌起一片波峰浪谷，发出滔天巨响，打破了这片静谧。但是，恋爱中的男人（阿尔维托对我的戏称）根本无心理会来自这片大自然的呼唤。坐在别克车里，我内心不禁思绪万千，骨子里中产阶级的思想不断地蠢蠢欲动。

每一个探索者都知道，成功的第一戒律就是：凡是远征皆有两“点”——即起点与终点。如果你想让自己心中理论上的“终点”和事实的终点相吻合的话，那就不要思虑其中的方法——因为想象中的旅途只是个虚拟的空间，起点与终点之间的途径无数，自然方法也是无穷无尽的，你实际上该到终点时，自然就会到达终点了。

我想起了阿尔维托的忠告：“告别之后便带上她的手镯吧，否则你会将心留下，你也就不是你了。”望着齐齐娜纤细的手腕，我只觉得仿佛心间开了个洞口，空落落的。

“那只手镯，齐齐娜……我能带上它吗？它能让我时常想起你，想起我的归途。”

看着齐齐娜娇美的模样，我的心里不禁泛起一丝怜惜。世人皆将黄金以喻心，但又何曾知道，心比黄金贵千般。齐齐娜纤细削葱般的手指紧紧地握着手镯，仿佛将我的心也紧紧攥住了，静静地掂量着我的爱的分量。这份难以言喻的情思促使我开口索要那只手镯，至少，这就是我此刻心底的话语。阿尔维托知晓我的心思后，打趣说道，她那纤纤玉指，如何能掂量得了你这二十九克足金的爱呢？

心无所系

再次出发，然后在内科切阿停留，那儿有阿尔维托的大学旧友。还算轻松，只用一早上就走完了这段征途，时间掐得恰好能赶上一顿美味的牛排午餐，一边是阿尔维托老朋友热情洋溢的欢迎，另一边却也遭遇了他妻子稍显冷清的迎接——从我们纯粹的波西米亚风格中她嗅到了一丝危险的味道。

“为什么明明只再花上一年你就能得到你的医生认证了，而你却就此远行踏上一段你不知道何时是尽头的跋山涉水之路?”

对于她一心渴望得到的答案，我们给不出朗朗回应，这些都足以加剧她的不安。她处处得体相待却难掩饰她潜藏的敌意，尽管她知道她会是最终胜利的获得者（至少我这么认为）——她的丈夫不在我们的“拯救”范畴内。

在马德普拉诺的时候，我们去拜访了阿尔维托的一个朋友，一个带着党内特权加入P党的医生朋友。而这位N地的医生朋友仍然忠于他自己的抉择——激进党派，不过对我们而言，两个党派都和我们遥遥相隔。

对我而言，支持激进党派绝不是一个可以站得住脚的政治立场，对阿尔维托而言，这种支持的意义也正在消失，尽管他曾一度和他尊重的激进党派领导人关系甚笃。

谢别了医生夫妇三天的热情款待后，我们带着更为凸显的孤独感和自由再度骑上摩托，踏上前往布兰卡港的未完成之旅。那儿也有饱含着期盼等待我们的朋友，也有迎接我们的盛情款待和温暖友爱，只不过这一次，是我的朋友。

在这个南方港口停留的日子里，我们修理好了坐骑并且在这座城市漫无目的地闲逛。这是我们不用担心饱暖的最后一段安逸的日子了。

这以后，我们就不得不根据我们捉襟见肘的经济状况来安排我们的每一餐食物，严控每一顿肉、玉米粥和面包的数量。面包将会带着喋喋不休的警告味儿“嘿！老男人！吃了可就难以复得啦”，而我们也会带着更虔诚的心态吞咽下每一口食物。我们想像骆驼一样，储备好更多的能量，供给我们还屹立在前方的征途。

离开的前夜，我得了咳嗽并且发起了高烧，“得益”于此，我们离开布兰卡港的日程往后推了一天。最终，在午后的三点，我们顶着如火的骄阳离开了布兰卡港，而这太阳也在我们到达梅达诺斯附近的沙丘时越发毒辣。不堪重负的摩托车左摇右晃不受控制，轮子不停地打滑。

阿尔维托执守着和沙丘的战役不肯败阵。唯一可以确定的倒是我们在到达公寓前的这段路上舒舒服服地休息了六次。不管如何，我们确实是走出了这片“灾难区”，而这样的 M 城之战的胜利也成了我这位搭档日后的谈资。

从这儿开始，我来掌控行程，计划着弥补上前段旅程中落下的时间。在一条满布沙子的弯道上，我们惨遭了整个旅程中最严重的祸事。

阿尔维托逃过一劫毫发无损，我的腿却被卡住并被排气管烫伤，留下了一个不尽如人意的纪念品——花了很长时间才最终痊愈的疤痕。

一场倾盆大雨迫使我们不得不在农场中找个落脚点，在最终到达这样的避难场所前，我们又穿越了三百米的泥泞之路并且再度腾空二次。东道主的迎接是华丽丰盛的，前行的路途却是警钟大鸣的：在这些还未被很多人走过的路上，我们一天就摔了九个跟头！入夜，倚在L山脚下，睡在供我们蜗居的床上，对于未来，我们还是一如既往地带着热切的欢愉。

我们似乎能更畅快地呼吸，呼吸着这更稀薄却满是探索味道的空气。远处的国家、英雄的盟誓，在美艳的姑娘身边翩翩起舞，所有的这一切在我们的脑海中呼之欲出。

困倦到眼皮都要打架了却还是不肯入梦，眼中是两个盘旋的绿点——一个代表被我抛诸于身后的过去，一个是嘲笑着我所追寻的所谓自由。它们如影随形，羁绊着我走过天涯海角，一生相随。

流感袭来，床榻缠绵

一路上，伴随着摩托车奏出无聊的乐曲，我们疲惫地行进着。可是这满布沙砾的道路足以将一场视觉的饕餮变成一份沉重的工作。

夜幕降临，在一整天的轮流驾驶之后，我们都更乐意睡上一觉而不是再继续试着到达乔埃莱·乔埃尔——一座可以为我们提供免费住所的大城市。我们在本哈明·索里利亚停留修整，舒服地将舟车安顿于火车站边的一间小屋中。然后沉沉睡去，仿佛将整个世界抛诸生命之外。

翌日，我们很早就醒来，但在去为同伴取水的时候，我猛烈地战栗起来，紧跟着一阵异样的感觉传遍全身。十分钟之后，整个人都似乎不是自己的了，我失控得发抖，仿佛身体被他人所占。服了奎宁片也没起丝毫作用，整个脑袋好似有一把铁锤在毫无规律地胡乱敲击，似乎看见各式离奇的颜色在墙上毫无章法地混合，一阵翻江倒海的折腾后我呕出了一些绿色的脏物。一整天都持续这种病怏怏的状态，没有半点食欲，直到晚上才能勉强坐上摩托车，在阿尔维托的肩上沉睡，直到乔埃莱·乔埃尔。

我们拜访了拜伦医生，他是当地的医院院长且身兼国会议员。他十分友好地接待了我们，安排了我们下榻的房间。然后给我开了一剂青霉素，我的高烧在四个小时后逐渐退去，但是当我们说要动身前行时，医生坚决阻止并嘱咐“流感在身，必须卧床养病”（这是他为了让我快些好起来而叮咛再三的医嘱）。于是我们在乔埃莱·乔埃尔又稍作停留，并且享受着悉心的照料。

阿尔维托拍下了我缠绵于病榻之时的照片。我摆了一个足以让人过目不忘的造型：骨瘦如柴又满脸通红，睁着大大的眼睛和蓄着几个月来一成不变的胡须。有些遗憾这样的照片却不是美好的一幕，但这却是我们生活轨迹的改变和所追寻的地平线的见证，终将把我们从“文明”中释放！

又一个早晨，医生终于不似从前那样摇头不允，这就够了！我们当即启程，一路向西直奔我们的下一个目的地——湖区！摩托车一路挣扎，显露出招架不住的节奏，尤其是我们常用阿尔维托最爱的电线修补的主体部分。也不知道他从哪个我不清楚的地方学来了奥斯卡·葛华的名言“能用电线取代螺丝的地儿就给我装电线，它比螺丝更安全”。我们的双手和裤子正是我们忠于奥斯卡·葛华的铁证，至少在这个电线问题上便是如此！

夜幕降临了，我们却仍然在试着摆脱荒芜寻找有人烟的去处。我们的摩托车没有前灯，在这样漆黑的夜里于野外行进看起来并不是一个好主意。当摩托车发出我们无法辨别原因的怪声时，我们正举着火把举步维艰。火把的光线不足以给我们带来足够的亮度去找到这起事故发生的原因，我们只能就近扎营安顿下来。

我们支起帐篷，慢慢爬进这个小窝，原本企图用睡眠来缓解饥渴（附近没有水源，我们也没有肉）。谁知原本的徐徐晚风一瞬之间竟变成了狂风大作！肆虐的狂风将我们的帐篷连根拔起，我们毫无依靠地暴露在这荒野之中，深陷于这严寒之内。我们不得不将摩托车绑在电话亭上并将帐篷覆盖于其上以作为保护，自己则躺在这个屏障的后面。

这场骤然发生的飓风害得我们不能在自己的帐篷中容身，不管从哪个角度来说，今夜，都不是一个愉快的夜晚！但最终，睡眠还是战胜了寒冷、狂风和其他的一切。次日我们醒来的时候，已经是日上三竿了。

借着白天的光辉，我们发现摩托车发出的噪音是源于车前体被破坏。至此，我们不得不尽我们所能修好它并且赶到城中去焊接这个坏掉的保险杠。我们的老朋友——电线，暂时解决了眼前的这个问题。

在不知道离最近的城镇还有多少确切距离的情况下，我们收起行囊再度启程了。所幸的是在第二个路口我们就看见了一所房子。房屋的主人以一顿精美的烤肉招待了的我们辘辘饥肠。

这儿距离能焊接好我们摩托车的皮德埃尔还有二十公里的步行距离，但是毕竟夜色已深，我们还是决定在这户修理工家中安顿了下来。

摩托车还是存在一些细小的漏洞，但是由于不会造成太大的危害，我们还是带着这些小问题继续平静地奔赴圣马丁-德洛斯安第斯了。目的地在望，我骑着摩托车行驶在一条满是小沙砾的美丽的道路上，可我却在这条“咕咚咕咚”冒着泡儿的溪流边遭遇了我们在阿根廷南部的第一场真正意义上的车祸。

这一次，“大力神”严重受损，我们不得不停下脚步，而且最糟糕的是，摆在我们面前的是我们最害怕的结果：后车胎被刺穿。为了修好这破损的轮胎，我们不得不卸下所有的行李，解开绑在支架上的安全绳，然后吃力地用那根可怜的铁棍撬开轮胎外层。仅仅是更换轮胎就耗费了我们两个钟头（好吧，我承认我们是懒了点）。

傍晚，我们在一个非常好客的德国人的农场中住了下来。无巧不成书的是，这个农场主曾经也接待过我的一个叔叔——一个爱旅游成性的骨灰级游者，当然，我并没有步他后尘。热情的主人还让我们在农场的小河中垂钓。

阿尔维托投下他的鱼线，在他还未弄清楚到底发生了什么事时他的鱼钩就钓上了一条鱼，在太阳下闪耀着七彩的光芒。这是一条彩虹鳟鱼，一种美丽和美味并存的鱼（当然在我们的饥饿态势下烤熟自然是更为美味）。

在阿尔维托仍然沉浸在第一次垂钓成功的喜悦中而一次次抛下鱼线的时候，我处理了这条彩虹鳟鱼。尽管又经历了几个小时的尝试，阿尔维托再也没有钓上第二条鱼。此时天色已晚，我们便就此在农场主的劳工厨房中度过了一夜。

早上五点，厨房中央的炉子亮了起来并且带来了满屋子的烟。农场的劳工们互相传递着他们的天马黛茶并且嘲笑我们的天马黛茶是“小女孩儿专属”。

通常情况下，这些过去被白人征服并且现在还一直为白人劳役的阿尔坎人，因对白人的深深怀疑而不会跟我们交流。他们通常只是简简单单地耸耸肩或是一句简短的“不知道”来回答我们关于他们工作的这片土地的疑问，匆匆地结束每一次对话。

农场主人允许我们随意享用樱桃，我们都吃了太多以至于在后来享用李子的时候我不得不躺下来减轻一下胃里的负担。阿尔维托出于礼貌多多少少还是吃了一些李子。在树上的时候，我俩贪婪地大吃特吃，仿佛是在比赛看谁先解决掉这些果实。

农场主的其中一个儿子以一种想要得到确切答案的眼神盯着我们，无论如何也不会相信衣衫褴褛又饥肠辘辘的我们是医生，不过他还是礼貌地没有开口质疑，让我们痛痛快快地饕餮了一顿。我们甚至撑到了要小心翼翼走路才不会踩到我们鼓起的肚子的地步。

我们修理了机车的启动器并且解决了其他的一些小问题，再度启程驶向圣马丁-德洛斯安第斯，这一次，我们在暮色未至时率先达到了。

圣马丁-德洛斯安第斯

道路如蛇形蜿蜒在低洼的山势之间，这些小山体是伟大的安第斯山脉的起点，然后沿着陡坡下行到达一个不起眼的神秘小镇，与周围雄峰峻岭、林木森森形成了鲜明的对比。圣马丁-德洛斯安第斯位于黄绿色的斜坡上，斜坡缓缓地融入蓝色幽深的莱卡湖中，那是一片宽三十五米、长五百公里的水域。

我们在当地诊所的第一次求宿以完全的失败告终，但是有人告诉我们再用相同的方式去国家公园办公室试试。果然，公园的监管人允许我们在一个工具库过夜。随后，守夜人过来了，他是一个大块头，有着一百四十公斤的体重，板着一副冷若冰霜的脸，但是没想到他对待我们十分和善，允许我们在他的小棚屋中下厨做饭。第一个晚上过得还算完美。我们睡在工具屋中，在温暖的草垛中心满意足——在这种夜晚极其寒冷的地方草垛当然是十足的必需品。

我们带上牛肉，开始在湖边漫步。在浓密的树荫下，茫茫荒野羁绊住文明前行的脚步，我们计划着在这趟旅行结束后，在这儿建一座实验室。于是，我们的脑海中浮现出未来的诸多场景：实验室中能够容纳下湖泊全景的大玻璃窗；在冬天被皑皑白雪覆盖的湖面；驾船从这头漂移到那头的我们以及一次次进入还未被开垦的森林去探险。

尽管在我们的旅途中，我们时常渴望找寻一个令我们心潮澎湃的地方安顿下来，但唯有亚马孙森林和这儿能够唤起我们内心深处驻足停留的渴望。

而现在，在宿命的理论和所经历的事实面前，我明白了我的命运就是行走在路上，抑或是更为贴切地说行走是我的宿命，因为阿尔维托跟我一样有着这般想法。然而，有时，我也渴望在我们南方秀美神奇的广袤的大地上停留。也许有那么一天，当我厌倦了环游世界，我会回到阿根廷的怀抱，在安第斯湖区安顿下来，就算不能在此久住至少也会在那里稍作休憩，或许我的世界观会因此有所改变。

黄昏时分，我们开始返程，等我们到达的时候天已经完全黑了下来。我们甚是惊喜地发现，唐佩德罗·奥雷已经为我们准备好了一顿丰盛的烤肉来款待我们。我们用酒作为回礼，然后，我们一反常态，狼吞虎咽。我们讨论着今晚这美味的烤肉并且慨叹我们再不能一如从前在阿根廷那样享受饕餮盛宴了。

唐佩德罗·奥雷告诉我们这儿将举行一场摩托车比赛，届时他会为赛车手们筹备一顿烤肉大餐，他想让我们当他的助手，于是，他把这个差事交给了我们。

“你们可记着了啊，我可不会付你们工资，但是你们可以为你们日后的行程贮备下肉食。”

这可不失为一份美差，我们立即接手这份工作，摇身一变当起了“阿根廷南部烤肉老爷爷”的第一、第二助手。

我们俩都以一种虔诚的热情期盼着星期天的到来。那天早晨六点，我们就开始了这一天的第一份工作——将木头搬上卡车并且运送到自助烧烤的地方，一直忙碌到中午十一点，这时只听一声令下，大伙儿蜂拥而上，贪婪地抓到美味的排骨大快朵颐。

这个发号施令者是一个举止奇怪的人，而他正是我每每开口必用“senora”以示最高敬意的人，直到我的工作小伙伴提醒道：“格瓦拉小伙儿，可千万别将唐潘盾捧得太高，他会生气的。”

“谁是唐潘盾啊?”我带着缺乏教养的小破孩的那种天真表情不礼貌地问道。得到的答案是“senora”就是唐潘盾，这让我吃惊不小，但这惊奇也并没有持续太长的时间。

自助烧烤宴，为每个人准备的肉都太多了，我们因此而受益，这样我们可以如骆驼般储备好足够的食物以完成接下来的漫漫旅程。我们打算，更确切地说，是缜密地思考着一个计划。我假装喝得烂醉如泥，伴随着一次次装出马上要恶心呕吐的样子，然后带着暗藏在皮夹克中的一瓶红酒，我摇摇晃晃地来到溪流边。这样五个来回后，我们也攒下了五瓶红酒，藏在柳树叶子下的溪流中保持凉爽。

当这一切都完成了，我们也准备装好车赶回镇里的时候，我便故意不情愿地工作着并且和唐潘盾不停地争吵。为了将这一幕演得完美而逼真，我躺在草地上，装作醉得不能再行一步。阿尔维托此刻也化身成了一位真诚的好伙伴，不住地为我的鲁莽行为跟老板道歉并留在后面照顾我。当发动机的声音渐行渐远，我们一跃而起犹如脱缰的野马奔向足以保障我们几天奢华享受的红酒而去。

阿尔维托首先到达，纵身冲到柳树下，然而他的脸却似漫画一样变色了。藏起来的酒不翼而飞，一瓶不剩了！要么是我的假醉并未愚弄到任何一个人，要么是有人看见我携带红酒开溜。事实就是这样，我们仍然还似从前一样一无所有，脑海中回想着那些睥睨地看着我酒醉丑态的人，尝试着找出这场讽刺闹剧的一丝丝线索，苦苦地捉摸到底是谁动了我们的红酒。然而仍然没有任何头绪。

清点着这一天努力换来的面包奶酪和几斤肉，我们不得不走回镇上去。我们酒足饭饱了，却不过是夹着尾巴做人，不是为了这失去的红酒而是因为这彻头彻尾的被戏弄感。这样的感觉，根本无法用苍白的语言去描绘。

第二天，天气阴冷且伴着雨水，我们都以为赛事将要被搁浅。正当我们等待着雨停后就到湖边烹制肉食时，广播响起了比赛照常进行的播报。我们凭借着烤肉助手的身份轻松进入了比赛场的入口大门，将自己舒适地安置稳妥，开始观看这场国家级赛车手的赛车比赛。

正当我们在我们的小屋门前一边喝着马黛茶，一边讨论着继续进行的旅途和最佳线路时，一辆吉普车驰骋而来，载着阿尔维托来自遥远得几近神秘的康塞普西翁-德尔蒂奥镇的朋友们。我们热情拥抱并迅速用满是泡沫的液体使劲儿往肚子里灌以示欢庆，喝酒在这样的场合下，其实是一种隆重的习俗。

朋友们邀请我们到他们工作的地方——胡宁-德洛斯安第斯镇游玩，我们也即刻动身前往。为了减轻摩托车的载重，我们将行李衣物留在了国家公园的那个小棚屋中。

周边探险

胡宁-德洛斯安第斯镇就不如它位于湖畔的兄弟城镇那么幸运了，它只能在一个被文明遗忘的角落刀耕火种，尽管建立起了诸如我们的朋友们工作的营地以期振兴这儿的城乡发展，但这儿仍然逃不出单调而破落的生活节奏。在这儿，我之所以说“我们的”朋友，是因为他们不久以后也变成了我的朋友。

第一夜，我们追忆着在康塞普西翁镇走过的漫长道路，而在看似取之不尽的红酒刺激下，我们的情绪也空前高涨。不胜酒力的我注定要早早败出这场酒战，而在真正的床的面前，我熟睡得像木头似的！

第二天，我们在朋友工作的工厂工作间，修理了一下我们的摩托车。当夜，朋友给我们办了一场华丽而盛大的阿根廷风情告别宴——一顿带有面包、肉汁和超美味沙拉的牛羊肉自助烧烤。在几天的狂欢聚会后，我们带着伙伴们的拥抱踏上了前往卡鲁埃的路上——那是这个片区的另一个湖畔。

此程路况极其糟糕，我们可怜的摩托车在沙路上发出不顺畅的哼唧声而我则尽力将它从沙丘中解救出来。最初的五公里路就花费了我们一个半钟头，好在接下来路况好转，我们也在没有什么大障碍的情况下顺利到达小卡鲁埃湖。这是一个被满布茂密野生丛林的群山环绕起来的蓝绿色湖泊。

紧接着我们又来到了大卡鲁埃湖，一个更让人叹为观止却遗憾地无法骑车环绕的美丽湖泊——因为那儿仅有一条通用马道。当地走私商就是通过这条马道进行交易的。

我们将摩托车放置在公园看守人的小棚子中，然后开始攀爬正对着湖泊的山峰。这时候已经快到午饭点了，我们只带了一片奶酪和少量的干粮。正当此时，一只野鸭飞过湖面的高空。阿尔维托计算了一下与鸟儿的距离，趁着看护人不在的空档，想着种种可能性的便利，朝鸟儿开了一枪。也算是走了大运（当然是野鸭的不幸运），野鸭中枪掉在了湖里。

阿尔维托和我立刻展开了激烈的口水战，看看谁该去捡回战利品。而我则不幸输了，不得不跳入湖中去捡回野鸭。冰冷刺骨的湖水好似无数手指，将我紧紧攫住，几乎动弹不得！由于对寒冷过敏，捡回战利品来回二十米的路让我如贝多因人一般受尽苦难！尽管这只是一只普通的野鸭，但是在饥饿的我们面前，这烤鸭却成了无上的美味大餐。

吃了丰盛的午餐后，我们再度将热情拖入了攀爬之中。然而从刚爬山开始，我们身边就飞着一群蚊子，逮着机会就会毫不犹豫地咬我们。

由于缺少专业的登山设备和登山经验，整个爬山过程都异常艰辛，所幸在几个小时的艰难攀登后我们还是攀上了顶峰。然而这里的景色让我们大失所望——没有一览众山小的开阔视野，无论你望向何处，总有更高的山峰挡住你远视的目光。

在那覆盖着皑皑白雪的山顶上开了几分钟玩笑后，我们开始了下山的任务，天色渐渐暗沉了下来。起初的部分路途还算好走，但当一直指引我们下山的溪流忽然沿着陡峭的山脉汇入湍急的大水流之中时，光滑的水岸和湿滑的石头都容不得我们再行半步。

在抵达一片荒芜又满是危险气息的芦苇地之前，我们不得不紧紧抓住岸边的柳条举步维艰地行走。夜幕降临，这无边的黑暗让我们蓦然感受到身边千奇百怪的噪音，令人步步惊心。

阿尔维托把自己的导航弄丢了，我的裤子也被撕成了碎片。我们终于还是下了山，从踏出那片郁郁葱葱的树林后，我们就因为这彻头彻尾的黑暗变得格外小心，高度绷紧的第六感仿佛让我们时刻感觉周围都是万丈深渊。

在一段漫长的仿佛没有边际的泥泞中徒步跋涉了很长一段时间后，我们认出了流进卡鲁埃的溪流的方向，几乎同时，周边的树木也消失了，我们终于看见了平地。

忽然，一只麋鹿的巨大身影如同一阵清风快速地掠过溪流，它的身体被冉冉升起的月亮染成银色，紧接着便消失在灌木丛中去了。大自然的这一幕深深地撼动了我们的心灵，我和阿尔维托放慢了脚步，生怕我们的匆匆步伐会惊扰了这片我们置身其中的大自然的圣洁宁静。

我们涉水而行，膝盖传来的感觉让我想起了我十分厌恶的在中午经历的寒冷如手指般攫住我的感觉，而我们也终于抵达了看护人的小木屋。他为人甚好，给我们提供了热腾腾的马黛茶和可以安睡到天明的羊皮毯子。一觉醒来，已经是次日的十二点三十五分了。

我们慢慢地踏上回去的路，穿过与卡鲁埃比起来逊色不少的湖泊，终于到达了圣马丁，唐潘盾给了我们每人十比索作为烧烤助手的报酬。于是我们向着南部的腹地出发。

致亲爱的妈妈

亲爱的妈妈：

正如你好久没收到我的消息一样，我也很久没有收到您的消息了，这让我很担心。我下决心要打破这所有通信不畅的阻碍，告诉您这些天所发生的一切。在离开布兰卡港两天后，我就病了，四十度的高烧让我不得不卧床一天。第二天早晨，我原打算起床出发，结果却只能在乔埃莱·乔埃尔地区的医院中服下我不甚了解的一种药物——青霉素，好在四天后我便痊愈了。

我们充分利用我们现有的各种资源，解决一路上困扰我们的各种难题，后来终于到达了圣马丁-德洛斯安第斯。圣马丁-德洛斯安第斯是一片有着美丽湖泊和各种原始森林的美丽乐土！您真应该到此一游而我相信一定会不虚此行。

我们的脸上已经开始有了氧化硅的纹理。在我们所经过的每一座带有花园的房子中，我们寻找着食物、落脚处和我们所能得到的一切东西。我们最终在冯·普特纳莫的农场中落脚。他们都是乔治的朋友，其中一个是老喝得醉醺醺的庇隆人，他是三个人中最友好的一个。

我自己化解了枕骨处的一个极有可能源于棘球囊的肿瘤。我们将会在两至三天中启程前往巴里洛切，而这一次我决定以一种闲适的节奏上路。如果您预计信件能在 2 月 10 日或者 12 日前到达，那妈妈您就给我寄一封留局待取的信件吧！

好了，妈妈，接下来我要给齐齐娜写信了。记得帮我转告大家我的爱并告诉我爸爸是不是在南方哦。

一个来自您所爱的儿子的大大的拥抱！

1952 年 2 月

前往巴里洛切的路上

脚下所行， 七湖之路

我们决定沿着七湖路前往巴里洛切。在到达城镇以前需要经过七个湖，这条路也因此得名。最初的几公里，我们以“大力神”所能承接的速度行进，这期间没有出现任何的机械故障。夜晚，我们使出前灯坏了的老把戏，博取别人的同情让我们得以住进护路工人的小屋中去。不得不说这真是一条十分好用的诡计，因为当晚的天气非同寻常的冷。

天气真是冻得够呛，一对在湖边露营的夫妇也抗不住寒冷朝我们借一些取暖的毯子，他们真是冻坏了！我们和这对坚强的夫妇分享着马黛茶，他们仅仅依靠一顶帐篷和背包里的一些物什就能在湖边住下来。这令我们感到十分羞愧。

我们再度启程，经过那些形态千差万别的湖泊，所有的湖泊都被原始森林环绕，扑面而来的野性气息拂过我们的鼻孔。然而奇怪的是，看过这些秀丽的湖泊和森林，被打理得井井有条的房子和花园，我们开始觉得厌倦。

在这样一片神奇的土地上，这样走马观花地领略自然风光而不能让自己沉溺其中好好欣赏，确实足以使人唤起厌恶感来，毕竟要想看尽其中风景，至少得停留好几日。

我们终于抵达了南华尔华平湖的北岸，一顿丰盛的烧烤慰藉了我们的疲劳，酒足饭饱后我们安睡在了湖边。当我们再次上路，却发现摩托车的后轮被尖锐物刺穿了，从此，我们展开了一场和内胎的冗长又乏味的“内胎战”。

每一次我们补上了这一侧，另一侧又会被刺破，直到最后终于无法修补，我们不得不在原地休息过夜。

一个参与过摩托车竞赛的年轻澳大利亚修车工人好心地将我们安置在一个小木棚中。一边是极力想帮助我们的同行车手，一边是他对老板的畏惧，他陷入了无能为力的两难境地。

小伙子用他不甚流利的西班牙语告诉我们，这儿有雄狮出没。“这些狮子十分彪悍并且并不畏惧甚至会攻击人类！它们长着很多的金色鬃毛。”

我们试着将大门关牢，但是我们发现门其实只是看起来牢固——只有门的下半部分能够关起来！我将我们的左轮手枪压在枕头底下，以应对万一雄狮半夜不期而至，毕竟现在，我满脑子都是雄狮的影子。

我被一阵阵爪子的挠门声惊醒的时候才正是黎明之时，阿尔维托被恐惧笼罩着，静静躺在我的身边。我暗自握紧了手中上了膛的手枪静观其变。两只明亮的眼睛从树影中盯着我。如猫一般，它的目光向远处延伸，黑色的身躯在门后随之跃了进来。

本能挣开了理智的阀门，我的自我保护意识驱使我扣动了手枪的扳机。子弹的响声在很长的一段时间内在墙垣之间来回反弹，直到门边的路上亮起火把并且传出一声凄厉绝望的叫声，这一切才停止。

在我们怯懦的沉默中，我们明白了，至少能够猜测出为何修车工人会发出如此洪亮的声音而他的妻子又为何扑倒在那具尸体旁歇斯底里地哭泣——我们射杀的是波比，是她的又调皮又没教养的狗。

次日，阿尔维托到安戈斯图拉修理轮胎，我也思忖着恐怕今夜只能在野外度过了，毕竟在这样一个我们被认为是凶手的家庭中，我们实在无法开口请求再住一个晚上。

不过幸运的是我们的车坏在离另一个护路人的小屋并不远的地方，他答应让我们和他的朋友一起睡在他的厨房中。半夜，我被外面的雨声吵醒，思量着是否要起身用防水帆布将我们的摩托车盖起来。

但是，在行动之前，我决定先戴上我的哮喘吸入器呼吸上一阵子——我睡的羊毛枕头引发了我的哮喘发作。我正在大口呼吸的时候，睡在我身旁的小伙伴醒了，听着我的阵阵粗重呼吸。他忽然动了一下，然后瞬间安静。我感觉到他的身体在毯子中僵硬了起来，握着小刀屏住呼吸。有了前夜还记忆犹新的经历，我决定待在原地以防成为刀下鬼，毕竟在这样的情境中，臆想症仿佛是会传染的。

翌日晚上，我们到达了圣卡罗-巴里洛切，在警察局里过了夜，期待着孟达斯胜利者号扬帆远航，带领我们驶向智利边境。

至此，好似被连根拔起，自由，却又……

在警察局的厨房中，我们躲过了一劫——外面的暴风雨好似上天狂泻着所有愤怒，无情地肆虐着每一个人！我一遍又一遍地读着那封我收到的不可思议的信。就这样，我所有对家的梦想，在迈阿密他们送我离别时升起，又在此刻似乎毫无理由地轰然倒塌。

我被疲倦的深渊包围着，在半睡半醒中，听着一个所谓进行过环球游的囚犯绘声绘色地吹牛，他编造着千万种异国风情的故事，因为听众的无知而又感到无所畏惧。

我可以轻易辨别出他看似温暖又极具诱惑力的谎言，然而他身边的听众却把身子往他身边靠得越来越近，以便更清楚地听清他的故事。

透过层层雾霭，我仿佛又看见我们在巴里洛切碰见的美国医生对我点头致意："你终会到达你所前往的终点，因为你的勇往直前！但是我想你可以在墨西哥稍作停留，那真是一个精彩绝伦的国度。"

我忽然感觉自己随着水手飘飞起来，远离地面，远离我现在戏剧般的生活。一种早前就体会过的忧虑再度侵袭了我，我似乎开始感受不到任何事物。我逐渐感到害怕，提起笔来满含眼泪想写一封信，然而却无从下笔，多少次尝试也只是无望地浪费。

灯光让我们浸润其中，似乎无数的灵魂在我身边来回旋转，我却始终写不下一个"她"。此时此刻，我对自己对她的爱深信不疑，然而这一刻，我幡然醒悟，再无触动。

我必须再度在脑海中唤起对她的触动，我必须为了她战斗，她是我的！是我的，是我的，是我的……在满脑子的想法中我睡去了。

一束轻柔的阳光照亮了新的一天，是朝着目的地出发的一天，这也是告别阿根廷土地的一天。要把摩托车弄上孟达斯胜利者号可不是件容易的活儿，但是凭着耐心我们终于还是将车子搬到了船上。当然，下船的过程也是同样的艰辛。接着我们就来到了这个被夸大其词地叫作布莱斯特港湖边的狭小据点上歇脚。

短暂的陆地进程以后，最多也就三四公里吧，我们又再一次回到了水路上，这一次是来到一个叫作弗里亚斯湖的脏兮兮的绿色湖泊里。

在最终抵达目的地前的一段短暂旅程后，我们到了智利的移民局，这是一个比相同纬度来说要低洼得多的地方。在那儿，我们横穿了另一个被科罗拉多河水填满的湖泊，这条河起源于一座和它共用一个名字的宏伟的火山。

这个叫作埃斯梅拉达的湖泊相较于阿根廷的湖泊而言，供给了我们更好的、温度适宜的水，这让洗澡这个任务变得十分享受又让人沉醉。在山脉的高处有一个地方叫作卡萨潘弋，我们可以遍览智利的美好景色。它像是有着某种意义上的一个十字路口，至少对于我而言是这样的。我在这儿，从智利狭窄的国土看向更遥远的土地，探寻将要发生的一切，奥特罗·席尔瓦的诗句在在我的脑海中反复闪现。

缘何好奇

我们的摩托车被装载到一艘好似每个毛孔都会渗进水的大型旧船上。我一边畅游在白日美梦之中，一边保持水泵的节奏。虽然我们的摩托车被绑到个头很大的精巧装置上，但为了自己和“大力神”的船票，我们俩则在那里挥汗如雨。船上有一位医生，是从佩乌利亚归来的同样搭乘了往返于埃斯梅拉达湖的这艘大船。他经过我们身边的时候，看到我们泡在水泵房油腻腻的水中而且赤裸着上身，正在用力抽水，拼命让船只漂浮起来，勾起了他脸上好奇的表情。

旅途中，我们也曾邂逅过其他几位医生，并且和他们说起了麻风病。我们畅所欲言，有时甚至会添油加醋，博得来自安第斯山另一端的同行们佩服不已。在智利，麻风病并不流行，所以他们对麻风病的了解非常少甚至一无所知，所以我们的话令他们记忆深刻。

他们坦率地表示，迄今为止还从没遇见过麻风病人。他们说，在遥远的复活节岛上，有一个居住着一小群麻风病人的村子。据他们所说，那个村子很有趣。瞬间便引起了我们对其研究的兴趣。

鉴于我们这次“有趣的旅行”，这位医生慷慨地表示非常愿意为我们提供相应的帮助。然而，在智利南部度过的愉快时光中，我们还能勉强填饱肚子，所以并没有过于贪婪地接受来自医生的帮助。

但我们请他将我们介绍给复活节岛友谊协会的会长，因为会长住的地方在瓦尔帕莱索，距离这位医生的住所很近。听到我们的话，这位医生非常高兴。

到了佩特罗韦，我们同船上的每一个人依依惜别，结束了湖上之旅。临行之前，一些来自巴西的黑人女孩给我们照了相，说要把我们摆出各种姿势的照片放到智利南部的旅行纪念册中。还有一对不知来自欧洲哪个国家的环境学家夫妇，他们礼貌地留下了我们的地址，说要把我们摆拍的造型各异的照片寄给我们。

镇上的一个人正在找一个能将他的大篷车开到奥索尔诺的人，恰好那也是我们的目的地，于是他希望我们能成为他的司机。阿尔维托为我上了速成驾驶课，于是我以非常严谨的态度开始了驾驶的旅程。一路都充满了戏剧性，骑着摩托车的阿尔维托在前面带路，而我则开着大篷车在后面一颠一簸地艰难跟随着，刹车、离合，啊呀呀，救命啊……

对我来说，每个弯道都是无尽的折磨。路沿着美丽的乡村蜿蜒盘旋，环绕着奥索尔诺湖，而挺立在我们前方的正是如哨兵一般的奥索尔诺火山。可惜的是那段路事故高发，所以我们根本没有时间去欣赏美景。没想到的是，最后却坏在了一头小猪身上。对于刹车和离合器之间的转换，我仍旧不太熟练。正当我们飞快下坡之时，这头小猪冲到了我的车前，被车撞到了。

到达奥索尔诺之后，我们只是随便逛了下便离开了。我们继续北上，穿过了智利美丽的田野，这里和我们南部地区的土地贫瘠形成了鲜明对比，被分成一小块一小块的土地都有人耕作。一星期之后，我们到达了瓦尔迪维亚港，路上碰到的智利人都是热情好客的。我们悠然自得的旅行得到了当地的报社——瓦尔迪维亚邮报的关注，他们非常热情地报道了我们的事情。

当时正在举行瓦尔迪维亚港建立四百年周年庆活动，这次的旅行自然成了献给这座城市的礼物，同时我们也以这次旅行作为对这座城市的献礼，来纪念以其名字来命名这座城市的伟大的征服者。邮报的记者建议我们写信给瓦尔帕莱索市的市长莫利纳斯·卢克，将我们了不起的前往复活节岛的计划告诉他。

我们对港口上的货物是完全陌生的，市场上正在销售的食物和我们那里的截然不同，智利的木屋、瓜索斯[①]特色服饰也和我们在国内了解的完全不同。这里有丝毫没有受到潘帕斯草原的异国文化影响的、美洲本土的东西。

也许这是因为智利的盎格鲁一撒克逊移民没有同土著居民通婚，因此土著居民才得以保留其纯粹性，但我们的国家基本上不存在这样的情况。

尽管这位生长在狭长的安第斯山脉的兄弟保留着很多有异于我们的风俗习惯和语言文化等，可当他们看到我身上那条长度只达到小腿的裤子时，无不惊呼："来浇点水吧。"我必须说明一下，这句话是国际通用的语言，可不是我发明的，它是来自于一个慷慨大方却身材矮小的朋友。

① 瓜索斯：智利的农民。——作者注

专家

对于智利人的热情好客，不管用多少褒奖的词汇都不为过。也正是这个原因，在这个相邻国家旅行时我们才能感到无比的惬意。就让我们好好利用这一点吧。裹在被单下的我慢慢苏醒过来，心中想的却是如此精致的床得值多少钱啊？同时，我还在思考着昨天晚上那顿饭的热量究竟有多少卡路里。

紧接着，最近发生的种种事件不断地在脑海中浮现出来："大力神"轮胎漏气，我们被困雨中，前不着村后不着店的无奈彷徨。得到了来自劳尔的慷慨资助，我们才能在他的床上睡觉。

另外，我们还接受了特木科《南方报》的专访。身为兽医学专业的学生，劳尔看上去并没有用功学习，他将我们的旧摩托车放到他的卡车上后，便带我们来到了智利中部一个宁静的小镇。

说实话，说不定我们的朋友有时候可能真会宁愿自己从来不认识我们，因为我们的到来，他那天晚上睡都睡不好。可这又能怪谁呢？没人让他跟我们吹嘘他在女人身上花了多少钱，还吹牛说要请我们到卡巴莱①玩上一夜，一切费用全由他出等等。

因为他的盛情，我们决定在巴勃罗·聂鲁达出生和成长

① 卡巴莱：一种有助兴的歌舞表演的夜总会或者餐馆。

的地方多停留一段时间，所以我们也加入了吹牛的队伍中，并且吹得心满意足。当然，到了最后他才爽快地说出了无法逃避的问题，身无分文！这就是说，我们不得不推迟去那个令人乐不思蜀的娱乐场所玩一夜的计划。

所以，他决定给我们提供食宿，以此来作为对我们的补偿。凌晨一点，我们赶到他家，以迅雷不及掩耳之势消灭掉了他家桌上的所有食物。我们吃得非常开心，因为桌上现有的饭菜已经不少，后来还上来了一些美食。接着，我们便霸占了主人家的床。这是因为他的父亲被调到了圣地亚哥，而家里的家具并没有几件。

虽然已经日上三竿，但阿尔维托依旧睡得香甜。我悄无声息地穿戴完毕，因为我们晚上睡觉的穿戴和白天的穿戴只有一点不同，那就是晚上睡觉我们不穿鞋，所以穿戴起来非常简单。

报纸上对我们事迹的报道占据了大多数版面。但这些报道和我们有一顿没一顿的、一穷二白的生活形成鲜明对比。所以他们的报道没有引起我的丝毫兴趣，但报纸上另一条报道吸引了我的目光，那是一则在B版刊登的当地新闻：

两位阿根廷麻风病专家
驾驶摩托车环游拉丁美洲

接下来是一行小字：

专业人士已经到达特木科，很快即将启程前往复活节岛这条报道没有任何保留地体现出了我们的厚颜无耻。我们两个人是麻风病专家？是麻风病学领域中了不起的领头羊？是医术高明经验丰富、治愈了上千多名麻风病人的医生？还非常了解美洲大陆的麻风病研究中心？甚至对研究中心的卫生状况都了如指掌？现在，我们以无比崇敬的心情来到了这个风光迷人却有几分忧郁的小镇上，而事实是不是这样，我们自己都不知道。

主人一家对报纸上的其他内容嗤之以鼻，唯独对这个报道兴奋不已。带着他们的仰慕和尊敬，我们两个终于离开了，甚至都不曾将他们的名字刻进我们的记忆之中。

之前，我们拜托了一户人家，将破旧的摩托车停在了他们的车库之中。现在我们正赶去摩托车所在的地方。这个时候，我们的身份已经不是拖着破旧摩托车的流浪人士了，而是摇身变成了众人眼中的“专家”，所以时不时会有人主动请我们吃饭。

在一整天的时间里，我们都在修理和调试摩托车，其间还有皮肤黝黑的少女端来了点心给我们。下午五点，享用了主人家特意准备的下午茶后，我们便离开了特木科，继续北上。

困难重重

从特木科离开后，开始的路程和之前一样顺利。但出城后，我们发现摩托车的后胎坏了，不得不停止前进，修理后胎。我们鼓足劲修理着轮胎，换上备用胎后，却发现备用胎也破了，也在漏气。这样一来，因为半夜没法修车，我们只能在野外过夜了。

可是，现在的我们可不是什么无名小辈，我们已经成了专家。于是，没用多长时间，我们便找到了一位铁路工人，我们跟着他去了他的家里，而且在那里受到了国王般的礼遇。

第二天早上，我们将后胎带去了修理铺，先取出来卡进去的几张金属片，再修理轮胎。离开那里的时候天色已经暗了下来，临行之前，店家邀请我们吃完饭，于是我们又享用了一顿美味的智利特色饭菜。牛肚，还有几道相似的菜肴，充满辣味的菜肴和味道鲜美的烈酒一起进肚。和之前一样，我们再一次被智利人的热情征服。

可是，当天的我们走得并不远，大概在八十公里外的地方停车，并找到一位公园护林员，当晚本想投宿在他家，可是他要求我们给点钱。但我们一直没给钱，于是第二天早上只好空着肚子离开，没有吃任何东西，只想先走几公里后再生火泡些马黛茶。

然而，走出一小段路之后，刚想找个地方休息一下，却发生了意外。在没有任何先兆的情况下，我们的摩托车突然急转弯，把我们甩了出去，我们重重地摔到了地上。幸运的是我们两个都没受伤，仔细检查过后才发现是摩托车的转向杆断了，更严重的是刚才的撞击撞碎了变速箱。没办法继续走了，只能耐心等着路上能过辆卡车，好把我们带到下一个镇子上去。

从我们对面方向行驶而来的一辆卡车停了下来，车主下车问明情况后，便说要帮我们。他们几次说明，像我们这样的科学家无论向他们提出什么要求，他们都会尽力帮我们。

“你们一定不知道，只看一眼我就认出你们是谁了，报纸上刊登过你们的照片。”其中一个人对我们说道。

然而，除了希望他们能让我们搭顺风车以外，我们没有任何要求。我们向他们道谢。这时，附近房子的主人来了，他请我们去他家坐坐，在那里，我们终于喝到了马黛茶。在他家的厨房里，我们喝掉的茶水有几公升之多。

他还向我们展示了他的乐器，查兰戈琴。两个空罐子固定在琴板上，上面紧紧地缠绕着三四根大约两米长的金属丝。演奏者的手上戴着金属指套，轻轻拨动金属丝，一种好似玩具吉他的声音悠悠传来。

到了中午十二点，终于来了一辆小货车。经过我们的多番恳求，货车司机终于同意将我们带到名为劳塔罗的下一个镇子。

在劳塔罗，我们找到了当地最好的修车铺，并且和当地一个会焊接的男孩相识了。这个名叫卢纳的男孩个头不高，却非常友好。偶尔，我们会接受他的邀请到他家里用午餐。我们一边修车，一边安排时间到来访者家中吃饭，来的人都是对我们充满好奇的人。修车铺隔壁是一家德国人，也可以说是德国后裔，见到我们后，他们表现出了极大的热情。晚上，我们在当地的工棚中留宿。

摩托车修得差不多了，我们计划第二天离开这里。在这里，我们认识了一些朋友，他们邀请我们喝酒。于是，我们决定和他们一起不醉不归，放开喝。

智利的酒简直太棒了，我猛灌一顿之后，在跳乡村舞的时候，我感觉自己已经可以和整个世界较量了。绝妙的酒不断地冲向我们的肚子，甚至大脑，整个夜晚都在愉快的氛围中度过。

修车铺的一位师傅对我们很热情，邀请我和他的太太一起跳舞。因为他刚刚猛喝了很多种混合在一起的酒，觉得不舒服，他太太非常热情，而且正玩在兴头上。当时的我一肚子智利酒，毫无顾忌地拉着她的手便向外走去。她毫无反抗地跟着我，却猛然发现她的丈夫正在盯着我们。然后就听到她说还是不去了。

我可没心思听她说什么，在舞池中央就跟她吵了起来。在众目睽睽之下，我开始使劲地拖着她往门口走去。但她却声嘶力竭地反抗着，甚至用脚踢我。在我的拖拽下，她失去了平衡，重重地摔在了地板上。

接着，一群跳舞的人愤怒不已，疯狂地追赶我们。我们狼狈地跑了回来，阿尔维托一直大声号嗡着自己没喝到酒，说如果不是因为我，那个女人的丈夫肯定早就请我们喝酒了。

“大力神二” 的最后征程

我们起了个大早，解决掉一些尚需完成的修理问题之后，便逃一般地离开了这个再也没人欢迎我们的村庄。离开之前，我们邀请了住在修车铺隔壁的德国人共进午餐。

当天，阿尔维托无论如何都不肯骑车，像是有先见之明一般。我坐上前座，开了几公里之后就不得不停下来修变速箱。没过多久，一个急转弯之下，因为车速有点快，后刹车的螺丝掉了。就在这个时候，一条弯道上冒出了一头奶牛，接着又冒出来一大群奶牛。我用力抓着手刹，但因为焊接得不牢固，手刹断掉了。接下来，我的视线模糊，只看到一点轮廓，却感觉两边有无数的牲口呼啸而过。可怜至极的“大力神”以越来越快的速度冲下陡峭的山坡。

幸运的是只有最后一头奶牛的腿被擦伤了，可我们却不得不面对正冲我们嘶吼着的那条河流。我立刻扭转车头冲向了公路的另一边。眨眼的工夫，大力神冲上了两米高的河堤，而我们则掉到了两块石头中间，居然毫发无损。

因为之前媒体的报道，一些待我们非常不错的德国人收留了我们。当天夜里我闹肚子，非常厉害。但我可不好意思把“纪念品”留到主人床底下的罐子中，便爬到窗台上，将所有的“纪念品”通通留到了窗外的黑暗之中。

次日早晨，我探出头想看看外面的情况，不曾想外面两米以下的地方居然是主人晒桃子的大铁皮，而晒着的桃子就那么摆在上面，我制造的“纪念品”不偏不倚、格外醒目。

我们便连滚带爬地逃离了这个尴尬的地方。

不仔细看，还真不知道这个小插曲的影响有多大，可接下来，我们马上就意识到了这次破坏的厉害。一到上坡的时候，大力神就不正常。后来，我们爬上了去往马耶科的坡道，位于那里的铁路桥被智利人称为“美洲第一高桥”。爬坡的时候，大力神就不动了。我们整整用了一天的时间来等待，希望能有好心人（化作卡车）将我们捎到坡顶去。

后来，我们终于如愿登上了好心人的卡车。那天晚上，我们住在一个名叫库里普利的镇子上。但因为担心马上会发生什么灾难，第二天一早我们就继续上路。

路上的坡道很多，但在遇到的第一个坡道上，“大力神二”就彻底没了生气。一辆路过的卡车把我们送到了罗斯安好莱斯。到了那里，我们把车送到了消防队，就去一位智利陆军中尉的家中休息了。这个中尉曾在阿根廷受到过非常热情的接待，所以心存感激的他想尽办法让我们高兴，这也是合情合理的。那是我们当“摩托车流浪者”的最后的日子，因为当时的我们已经变成了“没有轮子的流浪者”，今后的征程会越发艰难。

工人、消防队员和其他

据我了解，智利的消防队无一不是志愿者组织。但即使这样，智利的消防服务水平仍然非常高。因为在智利的很多城镇乡村，对那些能力出众的男人来说，带领消防队是一件无比光荣的事情，所以很多人都想得到这个位子。这可不是纸上谈兵，因为在智利的南部地区，火灾发生的频率已经到了令人瞠目结舌的地步。

我并不知道火灾频发是因为什么，究竟是因为木结构的建筑物占据多数，还是因为教育水平低或者文化水平过低，又或者是什么其他的原因，也可能以上原因都存在。但可以肯定一点，我们待在消防队的那三天里，发生了两场大火灾和一场小火灾。但我说的可不是平均数字，只是就事论事而已。

忘记说明一下了，我们在中尉家中住了一晚之后，便决定住到消防站去，因为那里的门卫有三个非常迷人的女儿。可以说她们是智利女人优雅气质的代表，无论长相如何，智利的所有女人都是清纯可爱、行为举止自然而优雅，总能在瞬间吸引对方的眼球，我说得太多了……

消防队腾出一间房给我们住，把行军床搭好后，我们便一头栽倒在床上，和平时一样，快速沉沉地睡去。这也意味着外面的警笛声根本就传不到我们的耳朵里。而值班的消防队员根本不知道我们在这里，当他们开着消防车匆忙出发的时候，我们还在呼呼大睡，一直睡到了第二天上午。

起床的时候，我们才知道昨天夜里发生的事情。我们逼迫着他们答应，下次再出去救火，必须叫上我们，我们也得去凑个热闹。我们找了一辆卡车，可以在两天内将我们俩和摩托车一起送到圣地亚哥，而且收费低廉，对方提出的条件是我们得帮助他们装卸他车上的家具。

我们俩和谁都聊得非常好，甚是招人喜欢，不管是消防队员还是门卫的三个女儿。我们在罗斯安好莱斯的几天很快便过去了。一直以来，我从没间断过对经历的记录和整理。在我的印象中，这座城市的代表就是熊熊的烈焰。我们待在那里的最后一个晚上，觥筹交错之时也表达出了我们难舍难分的真情实感，之后我们便裹在毯子里睡着了。警笛声惊醒了阿尔维托，他一下子就跳了起来。接着我们就上了“智利-西班牙”① 消防队的消防车。我们上岗的态度非常严肃。消防车火速开出消防站，长鸣的警笛声并没有引起任何人的注意。因为他们早已习惯了警笛声，早就没有了新鲜感。

每当水龙冲上熊熊燃烧的房顶时，土木结构的房屋就摇晃得厉害。辛辣的浓烟从燃烧的木头中散发出来，即使对于坚定的消防队员来说，这也是一个很大的考验。

他们一次次喷出的水龙或者其他护着四周房子的东西，伴随着阵阵笑声落在了燃烧的大火上。从整栋房子中仅存的一块没着火的地方传来了一声猫的哀鸣。这只猫受到了惊吓，只是不停地喵喵地叫着，却不知道穿过残留的狭小空间逃生。

阿尔维托注意到了它的危险，快速看了一眼，稍作权衡便快速跳过二十多公分高的火焰，冲过去拯救了身陷火海的

① “智利－西班牙”：智利的消防队几乎都有姐妹城市或者国家，这个消防队的名字中的“西班牙”就是这样来的。——作者注

小猫咪之后，便将这条死里逃生的小生命交给了它的主人。

大家热情洋溢地夸奖并祝贺了阿尔维托至高无上的英雄品质，他躲在巨大头盔下面的脸上，闪烁着喜悦的表情。

可是天下没有不散的宴席，我们不得不跟罗斯安好莱斯说再见了。我和阿尔维托郑重其事地跟朋友握手言别之后，那辆大卡车便将“大力神二”驮到自己的后背上朝着圣地亚哥开去。

我们到达圣地亚哥的时候正值星期天，到达后的第一件事便奔向奥斯汀修车铺。我们带着介绍信兴致勃勃地找到了修车铺，却发现修车铺的大门紧闭，这让我们既感到郁闷又感到奇怪。我们磨破了嘴皮子，终于说服了门卫，同意我们先将摩托车留下。自此之后，我们两个便不得不用自己的辛苦去赚路费了。

我们的搬运工经历分成了三段：第一，多亏房东不在家，我们才有机会在短时间内吃掉两公斤葡萄，而且全都破了纪录，特别有趣；第二，房东回来之后，我们便开始挥汗如雨地干起了重活；第三，阿尔维托发现跟着卡车的一个员工体能很棒，思维也非常活跃，我们和他打赌，而且这个可怜虫赢了所有的赌。他自己装卸的家具超过了我们两个和房东的总和。更神的是，在我们打赌谁搬得更多的时候，房东居然能做到熟视无睹、气定神闲。

我们好不容易才找到领事大人，他一脸不乐意地出现在他的办公室，这也是没办法，因为那天是休息日。他安排我们住在了天井里，并臭骂我们一顿，对我们的公民义务进行了一通尖酸刻薄的讽刺。最后，却变得格外慷慨，居然主动表示要送我们二百比索。我们感到了从未有过的耻辱，正义凛然地拒绝了他的慷慨。如果这件事发生在三个月之后，事情会和现在截然不同。现在真是后悔不已啊！

我感觉圣地亚哥多少和科尔多瓦类似，虽然这里的生活节奏更快，交通更拥挤，但这里的建筑物、街景布局、气候，甚至看到圣地亚哥人的脸庞，我总会想起自己的家乡，那座位于地中海的美洲城市。我们只能在这里待短短的几天时间，根本无法好好地了解它。因为时间紧迫，在我们再次踏上征途之前，必须安排好很多事情。

秘鲁领事称没有收到阿根廷领事函，拒绝了我们的签证申请。阿根廷领事之所以没有发函，是因为认为我们骑着摩托车根本不可能到达秘鲁。因此，我们不得不向大使馆寻求帮助，那时候他并不知道我们的摩托车已经坏掉，可最后总算他的态度变得温和了，并且从那里得到了前往秘鲁的签证，但需要支付四百比索。在我们看来，这简直是一笔巨款。

当时，科尔多瓦的苏吉亚水球队正好在圣地亚哥访问。我们认识他们中的很多人，于是，在他们比赛期间，我们便礼貌性地过去拜访。他们盛情地邀请我们吃了一顿智利菜，席间他们不停地劝我们“吃些奶酪、尝尝火腿、喝点儿酒”。大餐一顿之后，要想站起来，你就不得不用力扩展自己的胸肌才行（如果你真的能站起来的话）。

次日，我们登上了圣卢西亚这座历史独特的石头山。站在这座位于市中心的山上，我们用相机记录着这座城市。就在这个时候，一伙苏吉亚球队的队员在主场俱乐部几位美女的带领下，出现在了我们的视线里。几个可怜的朋友看上去很尴尬，不知道是否要把我们介绍给这几位“智利贵族圈子里的千金”，但最后他们还是没有介绍，而是装作不认识我们一样。

因为当时的我们身上穿着的可是非正式服装。

可之后的情况一切顺利，他们将这个场面处理得非常漂亮，虽然他们表现得对我们十分友好，可看上去仍然和我们是不同世界的人。

不得不离开的日子还是来了，阿尔维托的脸上痛苦地落下两行清泪，颇具象征意义。和留在修车铺里的“大力神二”做完最后告别，我们便开始了瓦尔帕莱索的旅程。我们两个成了标准的重量级“蹭车族”，欣然自得地坐在蹭来的卡车上。卡车沿着风景如画的山路前行，这条山路和没有遭到人类破坏的自然奇观融为一体，算是人类对文明社会的最美贡献了。

蒙娜丽莎的笑容

我们的流浪之旅已经进入了一段新的征程。我们习惯用我们的奇装异服以及“大力神二”风尘仆仆的外貌，博得主人的同情，我们习惯用“大力神二”粗重的喘息声，吸引游手好闲者投来羡慕的目光。我们像两个马路骑士一样，顶着久负盛名的“流浪贵族”的头衔。这个头衔简直无可挑剔，为我们带来了无数的仰慕者，令人生畏。

但今天的我们已经完全没有了之前的贵族身份，背着包、满身尘土、随便搭着便车，现在的我们只是普通的旅行者。到了远离市中心的城北郊外，卡车司机就扔下了我们。我们提着背包，拖着疲惫不堪的脚步，时而迎接着来自旁观者冷漠好奇的目光。

港口在远处船只散发出的迷人微光的点缀下，非常迷人，一片漆黑之下的大海冲着我们咆哮，却分外诱人，在昏暗中的刺鼻气息中，我们的鼻孔被放大了。买了些面包之后，我们继续前行。

虽然再往北走，面包看上去便宜了，可在当时面包显得非常贵。我累得够呛，但没有表现出来，可是很明显阿尔维托已经筋疲力尽了。因此，当我们面前出现一个停车场的时候，我们一脸愁苦的表情，对管理员死缠烂打，凭借我们的三寸不烂之舌完完整整地、添油加醋地讲述了我们从圣地亚哥开始的种种路途遭遇，最后，他终于同意留我们住宿，我们得以和那些叫不出名的寄生虫们一起睡到那些木板上。现在，我们至少找到一个可以遮蔽风雨的睡觉场所。

本来想马上酣然大睡的，没想到一个住在停车场旁边的廉价旅馆里的同胞听说了我们的到来，想见见我们。远在他乡，老乡见面自然格外亲切。我们两个没有任何理由可以拒绝这位天赐的贵人。结果，这位同胞醉得一塌糊涂，友好国家的思想对他的影响还真是深远。我们已经太久没品尝到美味的鱼、香甜的酒，而主人又非常热情……总之，我们吃得非常好。他甚至向我们发出了邀请，第二天到他的住处玩。

拉齐奥康达酒吧开业很早，我们一边和酒吧老板聊天，一般泡马黛茶喝。对我们的行程，老板表现出了极大的兴趣。后来，我们游览了瓦尔帕莱索市。这座建在海边的城市，风景优美，偌大的海湾静静地躺在城市的边缘。

瓦尔帕莱索的触角也延长到了山坡，连绵的山坡和大海相接，融为一体。层层排列的铁皮建筑呈阶梯状分布，上面的波纹非常奇特，连接各个建筑的是盘旋状的飞梯和索道。色彩多样的房屋映衬在大海的蓝色之下，原本已经非常热闹的建筑博物馆显得更加色彩斑斓。我们爬上脏兮兮的楼梯，游走在昏暗而隐蔽的小巷之中，和一伙一伙的乞丐闲聊，看上去像是在细心地解剖这座城市。

在深入了解了这座城市之后，我们被城市中的污浊气镇住了。城市的穷困肆无忌惮地涌入我们被放大的鼻孔，虐待着我们的身心。

我们参观了码头的轮船，试图打听到什么时候有船去复活节岛，但结果却不尽如人意。去复活节岛的轮船，最快也要到半年以后才起航。我们简单地找了一些航班的信息，但那些航班也是一月只有一趟。

复活节岛！这个时候，我们的心早就飞到遥远的复活节岛上去了。

“在那里，能交到一个白人男友，是件非常光荣的事情。”

“什么？工作？哈哈哈，你只要吃饭睡觉哄女人开心就行，那里的女人会做任何事情。”那里气候宜人，风景如画，美女众多，食物美味，工作轻松（简直轻松得无与伦比），真是个令人神往的地方。即便我们一整年都待在那里又能如何？到了那样奇妙的地方，谁还会想工作、学习或者家庭？躺在一家商店橱窗里的巨大龙虾，静静地躺在莴苣床上，眨着眼睛看着我们，似乎在用身体无声地告诉我们：“我从复活节岛来，那里风景如画、美女多多……”

我们站在拉齐奥康达酒吧，耐心地等着我们那位同胞，但他一直没有现身。酒吧老板请我们进去躲躲阳光，并招待我们享用了那里的招牌菜——煎鱼和清汤。从此之后，在瓦尔帕莱索，我们再也没有得到任何有关那位阿根廷同胞的消息，但酒吧老板却成了我们的朋友。这家伙性情慵懒，很是奇怪。面对店里的老顾客，就连最平常不过的饭菜，他都随意涨价，但面对那些闲散人士，却慷慨解囊。他对我们又热情又大方，让我们在酒吧里随便吃喝，不收任何费用。他的口头禅是，“今天我请你，明天你请我”。但很明显，这句话毫无创意，却很实用。

我们尝试着联系从佩特罗韦来的医生，可他们工作忙碌，回去之后根本没时间联系我们，因此我们还没有正式见面的机会。但不管怎么说，我们知道他们的地址，所以下午我们各自分工，分头行动。

我去探望一位身患哮喘病的老太太，她是拉齐奥康达酒吧里的常客。这位可怜的老人令人同情，她的房间中充斥着浓烈的脚臭和汗臭的混合气味，辛辣刺鼻。房间仅有的几把扶手椅便是她的全部奢侈品，但上面却落满了灰尘。她不仅患有哮喘，还有心脏病。这时，医生都会觉得有心无力，开始渴望改变现有的不公正社会体制，渴望改革。

仅仅在一个月以前，这位令人怜悯的老太太还能自食其力，当服务员获得收入。虽然她哮喘非常严重，但至少还能有尊严地活着。但陷入现在这样的生活状况后，那些无法承担生活费用的穷困家庭中的人，便只能在别人毫不掩饰的恶毒言语中过活。他们失去了原有的母亲、父亲、兄弟姐妹的身份，变成了疾病缠身、受人厌恶、为生活痛苦挣扎的消极分子，甚至被当成了社会上那些健康人的苦难源泉，只因为他们要赡养病人，而这种赡养被他们认为是在侮辱他们的人格。

就这样，在生命的最后时光里，在这些也许只能活到明天的人身上，我们看到一种极大的悲剧笼罩着全世界无产阶级人士。他们的眼神中透出渴望被人谅解的神情，还有为了寻求已经丢失在虚空之中的慰藉而不顾一切的神情。同样消失在笼罩着我们的那种没完没了的谜团中的还有他们的身躯。至于以这种荒唐的等级制度为基础的秩序什么时候才能消失，我们并不知情，但对那些统治者来说，最应该做的是出钱改革做对社会有益的事业，而不是花费大量时间用于吹牛。

面对这样一位疾病缠身的老太太，我也没多少可帮忙的。也只能建议她注意饮食，并开了一些哮喘药物和利尿片，还给了她一些剩下的晕海宁片。在老太太的千恩万谢下，以及她家人冷漠的眼光中，我走出了她的家门。

阿尔维托找到了医生，我们也必须在第二天早上九点到达医院。而同时，一大帮形形色色的人正聚集在拉齐奥康达酒吧房间里，那个房间脏兮兮的，在酒吧里承担着餐馆、厨房、餐厅、洗衣房的角色，还是猫狗解决小便的地方。

这群人中有拥有自己人生哲学的酒吧老板，有右耳朵有点儿聋却喜欢助人为乐的卡罗列娜女士，而且她总是把我们喝马黛茶用的茶壶擦得焕然一新。

还有总是喝得烂醉如泥且反应迟钝的马普切人，他看上去像是个罪犯。另外有两三个常客，当然也少不了那个疯疯癫癫的罗茜塔女士，她可是这次聚会的女王大人。罗茜塔曾亲眼见过一桩恐怖事件，而这件事正是此次聚会的主要话题。她讲述着自己见到的情景，一个男人拿着大刀捅向了她的邻居，但当时只有她自己在场。

“罗茜塔女士，难道当时你的邻居没有喊人吗?”

“当然喊了，是谁都会喊救命的！那个男人活生生地剥了她的皮！不仅如此，他把她拖到海边，扔到水里，她就那样被水冲走了。唉，先生们，我真不该看到那一幕，我被吓得魂都没了!”

“罗茜塔，你怎么不去报警啊?”

“什么？为什么报警？难道你忘了你的表弟被揍的事情了？即使我报警，他们一定觉得是我疯了，还会警告我，要是我再胡说八道，就会被关起来。反正，我可不会去揭发这种事情。”

话题突然变了，开始讨论一个有“上帝的信使”之称的当地人，据说他具有上帝赐予的力量，可以帮人治疗聋哑、瘫痪等顽固疾病，之后，他便将装着钱的盘子传递到众人的面前。虽然这样的生意并不比其他的生意好做，但他的宣传册上写得离奇，更离奇的是这样的鬼话还有人深信不疑，这些人真是蠢得要命。但事实就是这样，大家继续嘲笑罗茜塔女士讲述的亲眼看到的、深信不疑的事实。

医生们并没有热情地招待我们，但我们此行的目的还是达到了。医生们写了一封介绍信给瓦尔帕莱索市的市长莫利纳斯·卢克。我们礼貌地和医生们告别之后，便拿着介绍信向市政厅走去。即便我们一脸疲惫和茫然，却仍然没有让市政厅的前台人员为之动容，多亏他们接到了命令我们才能进去。

市长秘书给我们看了市长的回信，上面说我们不可能完成我们的计划，因为开往复活节岛的船只只有一艘，而且已经离开，今年都不可能再有船只开往复活节岛了。受到邀请，我们走进了莫利纳斯·卢克市长的办公室，他在那间富丽堂皇的办公室里接待了我们。可是，我们总感觉他像是舞台上演戏的演员，因为他非常拘泥于自己的发音，每一个发音都做得非常完美。但每当谈到复活节岛时，他都会手舞足蹈。因为他要证明复活节岛是智利的领土，他们刚刚把复活节岛从英国手里夺回来。他给了我们一个建议，要时刻关注事态的发展，明年他会带我们去。

“那个时候我可能已经不是市长了，但依然会是复活节岛友好协会的会长。”他说道。

很明显，他已经默认了自己会在接下来的选举中失败，而对手冈萨雷斯·魏地拉即将获胜。在我们即将离开市政厅的时候，前台的接待人员却要求我们带走那只狗。正当我们不明所以的时候，他居然领了只小狗出来。这只小狗不但啃着椅子腿不松口，而且还在大厅的地毯上撒尿。小狗可能是被我们流浪汉的外表吸引了，跟着我们来到了市政大厅，所以工作人员才觉得它是跟着我们的。

在简单地解释了一下我们和这只小狗没有任何关系后，那只可怜的小狗就被人狠狠地踢了屁股，被人扔到外面的时候，还在汪汪地大叫着。可是，一想到有些生命还需要我们的保护，我的心里又涌现出一丝慰藉。

这个时候，我们决定坐船绕过智利到北边的沙漠去。我们咨询了很多家轮船公司，希望能让我们免费乘船到北方的任一港口。有一家公司的船长终于答应带着我们，但他提出了必须有海事局许可这一条件。我们需要在船上干点活，以充当船费。但海事局不会同意的，于是我们又回到了原点。

在某个瞬间，阿尔维托有了一个冒险而大胆的想法。大概是：悄悄地溜到船上，藏到货仓里去。为了计划顺利施行，我们需要天黑时再行动。先用尽浑身解数说服值班人员，接着再见招拆招。我们收拾好了行李，可是这次的计划过于特殊，现在的行李明显过多。带着各种遗憾的心情，我们和朋友辞别后，就悄悄地进了港口。带着一不做二不休的念头，我们冒险的海洋之旅开始了。

偷渡者

顺利地通过了海关，我们便大胆地朝着目标前进了。被我们选中的是停泊在港口中央名为“安东尼奥号”的轮船。船身不大，因此无需靠岸，用吊车就能够到。虽然离码头还有几米的距离，但那里依旧人声鼎沸，非常热闹。没办法，我们没有其他选择，只能等着旅客登船后再找机会。

于是，我们蹲在自己的包裹上，静静地等待着合适的时机。半夜时分，轮船需要换岗的时候被拖到了岸边。然而，看到港务局长那张脸就能知道，这家伙的脾气一定臭极了。站在踏板中央的港务局长正在一一核实换岗的海员。

等待期间，我们和吊车司机成了好朋友，他给我们的建议是再等等，原因就是这个港务局长不是个好打交道的家伙。于是，我们开始了漫长的等待，一晚上就在等待中过去了。破旧的吊车，使用蒸汽为动力，但得以让我们在里面度过了漫长而寒冷的夜晚。

太阳升起的时候，我们依旧带着包裹苦苦地等在码头上。正当我们认为，我们几乎不可能再登船的时候，船长出现了。他给船换上了修理好的踏板，于是船和陆地彻底连在了一起。在吊车司机的指点下，我们轻松地溜上了船，好像出入自己家里一样。溜上船后，我们便带着行李躲进了主管区的厕所里。之后，只要有人刚想开门，我们就会捏着鼻子小声说，“对不起，有人”“不好意思，请不要进来”，想上厕所的大约有五六个人。

中午十二点，船拔锚起航了。但是，很快我们就没了兴奋的感觉，因为被关在厕所中，闷热无比，而且时间一长那味道简直令人作呕。下午一点钟，阿尔维托把能吐的都吐了出来。五点钟，我们已经饿得发晕。想到轮船应该已经远远地离开了海岸线，我们便走出来主动找到船长，清楚地告诉他我们就是偷渡者。

再次见到船长，他感到非常意外。然而，为了不让其他船员发觉，他掩饰着脸上的惊讶，并给我们使了使眼色。接着便大声地质问我们："难道你们以为随随便便地溜上一艘船就可以旅行了？难道你们以为这样做就万无一失了？难道你们没想过这么做的结果是什么吗？"

事实上，我们还真没想过。

他让服务生给我们找些活儿干，干活儿之前先给了我们些吃的。我们狼吞虎咽地吃着面前的东西，吃得不亦乐乎。然而，当我被告知必须去打扫那个臭气熏天的厕所时，美味的食物卡在了喉咙里。我一边走出船舱，一边恨恨地抱怨着。跟在我后面的阿尔维托，则一脸坏笑，被派去削土豆的他一个劲儿地幸灾乐祸。坦白地说，当时的我只想换换工作，早就把白纸黑字签下的友谊契约忘得一干二净了。明明是他给那个臭气熏天的地方添砖加瓦，现在却要我去善后！真是没天理啊！

我们拼了命地把活儿干完后，又一次被船长叫了去。我们被告知，只要我们缄口不提之前曾见过面的事情，不走漏风声的话，他就会将我们顺利送到终点——安托法加斯塔。恰好船上的一个主管休假，他便安排我们住在那个主管的房间里。

当天晚上，船长请我们打了桥牌，还请我们喝了酒。之后我们便睡觉去了。我们一觉醒来顿觉精神爽朗，起床后便投入到工作中去了。正可谓“新官上任三把火”，干起活儿来，我们浑身来劲，一门心思地想挣出乘船的钱。但是，中午的时候，我们觉得我们干得太多了，于是便更加肯定我们两个一定是流浪者中最没心眼的人。我们想着先不管洗衣服的事了，得好好睡一觉，攒足劲儿明天接着干活。但出人意料的是船长又来请我们玩桥牌，之前想好的美好计划难以实施了。

那个服务生对我们的态度非常不友好，第二天早上，他用了一个多小时才唤醒我们开始工作。我负责用煤油清洗甲板，没想到做了一整天都没完成。阿尔维托原本是要拉绳子的，最后却跑到厨房，大吃特吃，也不管是什么吃食，只管抓起来塞到嘴里吞下肚。

晚上，已经精疲力竭的我们跟船长玩完桥牌后，静静地眺望着浩瀚无垠的大海，才发现那里满满的都是绿色的倒影和白色的光斑。我们靠着栏杆，相互依偎，各自乘着梦想的翅膀飞向了远方。当时的我们深知自己身负的责任，那就是沿着世间的水路和陆路不断前行，永不停歇。

我们必须时刻保持好奇心，看透眼前的所有，走遍世间的每一个角落，但绝不能在任何土地上扎根落户，长期停留，还要探究万物的本质，而不是知其一二，点到为止。在大海澎湃的声音中，我们的谈话感性十足。遥远的东北方向已经出现了闪耀着光芒的安托法加斯塔。这意味着我们即将结束偷渡之旅，或者结束冒险之旅，因为这艘船即将返回瓦尔帕莱索。

落难

现在，我清楚地看到了这个船长，他和留着大胡子的船主以及他的属下一样已经烂醉如泥了。品质低劣的酒精刺激着他们，令他们举止粗鲁，甚至爆发出阵阵笑声来嘲笑我们的冒险之旅："听听，听听，他们是豺狼猛兽，现在他们一定会溜到你们的船上，等你们远离海岸时自然就知道了。"这样的话，船长一定跟他的朋友们提过。

当然，我们并不知道这些事情。开船前一个小时，我们已经躺在了成堆的甜瓜中间，拼命地填饱了肚子后，正舒舒服服地享受着美好的时光。我们聊着那些很不错的海员，要不是和他们中的一人勾结，我们不可能溜上船的，而且还找到了这么安全而舒服的地方。接着我们就听到一个带着怒气的声音，一个留着大胡子的家伙突然冒出来，吓了我们一跳。海面上飘着的甜瓜皮非常整齐，看上去像是一支印第安纵队。当然，其他的甜瓜已经乱糟糟的、不堪入目了。

事后，跟我们串通的那位海员告诉我们："你们真是不应该吃那么多甜瓜。本来我已经引着他不要再去注意那些甜瓜了，可海面上漂着的那些瓜皮被他看到，怒火一下子就蹿了起来，还摆出一副宁可错杀一千不可放过一个的气势，真是……"（这位海员兄弟已经不知道怎么表达了）

圣安东尼奥号有一位旅客，将自己的人生哲学总结得非常简短："你们这帮王八蛋别他娘的到处乱转！为什么不立刻滚回你们那个完蛋的国家去？"

基本上我们已经照做了，收拾行囊，朝着有名的丘基卡马塔铜矿挺进。

然而，我们还是耽搁了一天，并没有立刻动身离开。我们得等着丘基卡马塔政府许可我们的访问。而且，那些热情的海员们准备了非常好的送别会，以纵情狂饮的方式为我们送别。

通往丘基卡马塔铜矿的道路非常干燥，路灯杆下留下了微弱的影子。我们躺在阴影里，一天的大部分时间中，我们都在两根电线杆之间徘徊，对着彼此大声地抱怨着，一直到一辆聒噪的小型卡车出现在地平线上时我们才停止争吵。搭载着这辆小型卡车，我们来到一个名为巴克达诺的小镇上。

在镇上，我们认识一对共产党人夫妇，他们都是智利的工人。微弱的烛光下，我们一边嚼着一片奶酪面包一边喝着马黛茶。男人的身材干瘪瘦弱，流露出一种悲剧而神秘的气息。他向我们讲述了他三个月的监狱生活，他的语言简单却表现力十足。他还说道，他的妻子对他非常忠诚，即使食不果腹，也和从前一样陪在他的身边鼓励他、支持他。他的孩子拜托给了一位好心的邻居，而他虽然一直奔走在找工作的道路上却一无所获。他的同伴们莫名其妙地失踪了，据说大概已经命丧黄泉了。

沙漠中的夜晚很冷，这对夫妇瑟瑟发抖，冻得缩成一团。这样的情景，表现了全世界无产阶级的现状。他们甚至没有一条薄毯用来抵挡严寒，于是我们将自己的毛毯分给他们，我和阿尔维托使劲缩在仅剩的毛毯里。这个夜晚是我有生之年最寒冷的一夜，但在这样一个夜晚，对于那个我完全陌生的人群，我的怜悯之心油然而生。

次日上午八点，我们找到了一辆可以送我们到丘基卡马塔镇的卡车，和那对夫妇告别之后，我们便朝着山上的硫矿而去。那里的居住条件非常艰苦，气候也极为恶劣。在那里，没人会关心政治立场，也不需要任何工作许可。但这里唯独不缺热情，有了热情，工人们甚至可以牺牲健康来换取一点点可以维持生命的面包。

那对夫妇的身影渐渐模糊，很快便消失不见了，但那位丈夫坚定的面孔仍然活跃在我们的脑海之中。忘不了他邀请我们时的开门见山："同志，来吧！跟我们一起用餐！我们都是四处流浪的浪子。"虽只有短短数语，但对我们漫无目的、随处投靠的流浪生活的藐视却显露无遗。

那对夫妇对我们这样的流浪生活并不赞成，这一点非常遗憾。暂且不说被称为"共产主义寄生虫"的集体主义能不能威胁到舒坦的生活，单说他从内心渴望的共产主义也不过是对美好生活的向往，不过是为了告别长时间挨饿的日子，他将这种向往变成了对共产主义的热情。就算那位丈夫永远都不会明白共产主义的实质是什么，但他能理解"给穷人面包"这样的教条解释。最重要的是，这种向往让他看到了一丝希望。

刚到矿上，老板们，也就是那些金头发的经理们，他们一向傲慢自大且只追求效率。他们说着生硬的西班牙语，这样教导我们："这里可不是什么旅游景点，但我会派个导游带着你们在矿上参观，只给你们半个小时。参观完后，拜托你们不要再打扰我们。我们真的非常忙。"当时，一场浩荡的罢工正在酝酿之中。

可是，那个导游也是美国佬老板的忠实狗腿子，他说："这些外国佬太过愚蠢，宁可让工人罢工损失好几千比索，也不肯多给工人几个工钱。等伊瓦涅斯[1]将军上台，就再也不会有这种混蛋事了。”

另一位颇具诗人气质的工头也说道：“利用这些阶梯层级结构，我们能彻彻底底地挖出每一块铜。和你们一样，很多人问过我这样的技术性问题，可根本没人在乎这种方式会付出什么样的代价。医生先生，尽管我不知道该怎么回答你们的问题，但非常感谢你们会这样问。”

这个面积不小的矿区中，无奈的愤怒时刻伴随着冷酷无情的效率。尽管二者水火不相容，却依然时刻连在一起。一方面是出于投机获利的需要，另一方面则是出于无奈的生存需求。那样的一天是否真的会到来呢？矿工们高高兴兴地扛着工具下井劳作，在明知矿井会损害肺部的情况下，却依然从劳作中收货无限的乐趣。他们说矿上现在的情形就是这样，矿工们挖出的煤燃烧起来，通红的光芒照亮了全世界。但我始终都不相信他们说的这些话。

---

① 伊瓦涅斯：1952 年至 1958 年担任智利的总统，隶属人民党，曾承诺他当选后让共产党合法化。——作者注

丘基卡马塔

丘基卡马塔犹如现代戏剧中的一幕场景，可以说它美，但这种美却缺少了壮阔、优雅和冰冷。一接近矿山，一种泰山压顶的感觉扑面而来，令人感到窒息，好像整个矿山都向你压了过来。向前挺进两百公里之后，卡拉马小镇的几点绿色搅乱了沉闷而单调的土灰色，好似在沙漠中看到了绿洲，整个人欣喜若狂，令人感叹沙漠太壮观了，但这种感叹只一瞬间便结束了。

据丘基卡马塔附近的莫克特苏马气象台报道，这里是地球上最干旱的地区。山上的硝化土无法养活任何有生命的植物，疾风和流水肆意地侵蚀毫无抵抗力的土壤。裸露在外的灰色山脊与恶劣的气候死命抗争，最终却早早地老化，其身上的褶皱已无法显示其真实的年龄。世界闻名的丘基卡马塔矿被群山环绕，和山脉中蕴藏的丰富矿藏一起等待着被挖掘的命运。

挖掘机无情的手臂搅动着它的五脏六腑，同时也在掠夺着穷苦矿工英雄们的生命，以作为它大餐的作料。为了捍卫自己多年攒下的宝藏，大自然埋下了无数的陷阱，那些只是想谋生的穷苦人们却惨烈地丧命于这些陷阱之中。

丘基卡马塔富含铜矿，人们在绵延万里的群山侧面开凿出二十米高的楼梯层级，而开凿出的矿物很快便会被货车托运出山。矿脉分布奇特，所有的采矿工作均可在露天完成，而这种分布也完全促成了大规模采矿。这里的矿石，每吨可提炼出百分之一的铜。

每天早上都会进行山体爆破，爆破后的原料会通过巨型挖掘机送到货车上，再拉往磨矿机进行粉碎。三次连续的粉碎之后，出来的是中等大小的石头。将其投入硫酸溶液后，铜将以硫酸盐的形式被提炼出来，同时生成的氯化铜再经过废铁转化为氯化亚铁。之后将发生化学反应的液体送到被称为“绿房子”的地方，将硫酸铜溶液储存到大容器之中，再用三十伏特的电流通电一周，这就是电解盐的过程。

事先在其他装着高浓度的溶液中生成薄薄的铜片，在电解盐的过程中铜便会附着在铜片上，静置五六天后，便可将铜片送去冶炼。每升溶液损失的硫酸盐在八到十克，但同时原矿材料会被补充进来。被送进熔炉的铜片，会在两千摄氏度的高温下经过十二个小时的冶炼之后，形成重三百五十磅的铜块。每天晚上负责运送的货车有四十五辆，每辆载有二十吨铜块，运往安托法加斯塔。以上便是白天的劳作成果。

大概的制作过程就是这样，即使整道工序仅仅是为了得到氧化铜，就已经从丘基卡马塔地区雇用了三千个流动工人。智利的勘探公司正在修建号称世界第一的新工厂，用于开采硫化矿。它的两座烟囱高达九十六米，这家新工厂未来会承包所有的生产。而旧工厂因为氧化矿濒临枯竭，会慢慢废弃。很多原料已被储存到新的熔炉中，只等 1954 年新工厂开工便可加工生产了。

世界的铜百分之二十都产自智利，因为铜是多种杀伤性武器的必要成分，所以在蕴藏着冲突的动荡年代，铜就显得非常关键。因此，智利爆发了一场激烈的政治和经济斗争。左翼组织联盟和民族主义人士主张矿产国有化，但倡导企业自由经营的人士则主张由擅长经营的矿业公司（即使控股的是外资也可以）运作矿产。

因为他们认为，国有化就意味着效率低下。国会上，有人义正辞严地谴责矿业公司滥用采矿权。可见，围绕着铜矿业，一股强烈的民族主义情绪早已形成。

不管斗争的结果是什么，我们时刻都不能忘记令人震惊的矿区乱葬岗。乱葬岗中埋葬的死者只是一小部分，死于硅肺、矿井坍塌和因气候恶劣而死亡的矿工，大多数都无人收尸。

广阔的旱地

我们的水壶丢了，致使横穿沙漠的徒步旅行变得尤为艰难。但我们依然超越了丘基卡马塔镇的界标，勇敢地继续前行。还没有走出镇上居民视线的时候，我们步履矫健。但没过多久，我们便不得不正视现实，眼前光秃秃的安第斯山静静地显露着无边的寂静，我们的脖颈在阳光的炙烤下燥热难耐，背包的重量分配不均，一切都令我们无奈。

曾有个警察对我们说，我们的旅行显示出了“英雄气概”。当时我们不清楚什么是“英雄气概”，可我们认为，如果说我们的行为有“狗熊气概”，我们倒是非常认同。

徒步走了两个小时之后，顶多就走出了十公里，我们便一头栽倒在路牌的影子下放松身体，只有这里才能让我们稍稍避开阳光。我们根本不知道路牌上写的是什么，但我们在牌子那里晃荡了一整天，这样做，路牌的影子至少会一直出现在我们的视线中。

我们带着的一升水，很快就见底了。天黑之前，我们已经口渴难耐，不得不返回镇子上的门房里。我们的沙漠之行彻底失败。

我们在门房的一个小房间里睡了一晚上。房间里生着火，即使外面再冷，房间里的温度也是温暖宜人。守夜的人热情地跟我们分享着他的食物，我们再次感受到了智利人的好客。度过饥饿难耐的一天之后，面前的这点食物确实是少得可怜，但比什么都没有要好得多。

第二天一早，一辆烟草公司的卡车路过，便带着我们向目的地驶去。到了十字路口，这辆车要一直开往托科皮亚港，但我们却想去北边的依拉维，于是我们只能告别了卡车。我们知道向北八公里的地方会有所房子，所以我们兴高采烈地朝着房子的所在地进发。然而，刚走了一半我们就累得不得不小睡片刻。我们在电线杆和里程标之间挂上了一条毛毯，然后钻到了毛毯的阴影下。于是，双脚享受着日光浴，身体享受着蒸气浴，就那样睡着了。

过了两三个小时，大汗淋漓的我们大约各损失了三公升的水分。这个时候，一辆小型的福特汽车开了过来。车上的三个城里人喝得烂醉，扯着嗓子大吼“库伊卡”①。他们是马格达莱纳矿的罢工工人，因为人民运动的胜利而感到高兴，提前庆祝时开心地喝多了。

三个醉鬼拉着我们朝着当地的火车站开去。在车站，我们遇到了一群正在集训足球的工人，他们正准备和对手展开大战。阿尔维托将跑鞋从背包中翻出来，眨眼的工夫就已经溜进了球场，开始漫天吹牛。结果，对方邀请我们参加周日的比赛，这简直让人大跌眼镜。作为比赛的回报，他们将向我们提供食宿，而且会把我们送到伊基克。

两天之后，周日到来。比赛中，我们的球队赢得了绝对的胜利。阿尔维托也展示了他的阿根廷厨艺，准备了一顿丰盛的烤羊肉宴席，美味程度震惊四座，受到一致好评。接下来的两天时间里，我们参观了智利当地的一些提纯硝酸盐的工厂。

没错，在这里，对矿业公司来说，采矿并不是件难事。

---

① 库伊卡：智利的民歌。——作者注

矿工们要做的只是将矿藏表面的矿物质采集起来，然后送进大容器，经过非常简单的分离工序，硝酸盐、硝石以及泥浆会被分离出来。最初获得开采权的是德国人，然而，德国人的工厂最终走向了被没收的命运。现在的工厂经营者大部分是英国人。当下，员工数量和矿产量都居首位的两大矿场，正面临着工人的罢工问题。

因为两座矿场的位置在我们目的地的南边，所以我们决定放弃对那两大矿场的参观。我们改为参观规模也不小的另一家工厂——胜利工厂。在矿场的入口处，我们看到了一座写着“埃克托尔·苏皮西·塞德斯安息之处”的铭碑。埃克托尔是乌拉圭非常厉害的拉力车车手，当他开车离开加油站的时候，丧命于另一名车手的车下。

在穿越整个地区的过程中，我们换了一辆又一辆卡车。在最后的旅途中，卡车上堆满了苜蓿，我们躺在苜蓿堆上，暖暖地到达了伊基克。我们抵达时，懒洋洋的太阳刚刚升起，蓝蓝的海面上投下了我们的倒影，令我们看上去好似刚从《一千零一夜》中逃出来的人物。卡车行驶在港口上方的坡道上，如同魔毯一般飞行，虽然挡位已经调低，但依旧摇摇晃晃地嘎吱嘎吱响个不停。下坡的速度慢了下来。站在这个有利的地势上，我们将整个城市的景色收入眼底。

伊基克的港口没有任何船只，没有阿根廷的船，也没有其他地方的船。在这里没有任何用武之地，于是我们决定到阿里卡去，这之前我们必须随便找到一辆可以搭载我们的卡车。

智利之旅的终点

阿里卡距离伊基克非常远，一路上颠簸前行。我们从干旱的高原搭便车来到了拥有涓涓细流的山谷中，这里的水仅够浇灌山谷边缘那些为数不多的矮小树木。白天，这片荒芜的大草原闷热无比，但晚上却因沙漠气候的原因异常凉爽。

我们记得非常清楚，当年带着一只小分队的瓦尔迪维亚[①]每天跋涉五六十公里，却没找到一滴水，在最炎热的时候甚至找不到一片可以躲避阳光的灌木丛。

在这样的地方，当你得知确实有人成功穿越的时候，你一定会将瓦尔迪维亚的胜利升华成西班牙殖民统治时期的伟大胜利。毋庸置疑，这一胜利超过了美国历史上的任何胜利，因为相比那些探险家他们非常幸运。当他们的冒险旅程结束的时候，他们建立了富饶的王国，而他们在征服途中流下的汗水统统变成了黄金。

瓦尔迪维亚的所作所为正是人类无限渴望的真实体现，人类渴望能绝对地控制一个地方，渴望能行使独一无二的权力。据说，凯撒大帝就说过这样的话：宁可在阿尔皮斯山的某个小村子里当老大，也不在罗马屈居老二。

---

① 瓦尔迪维亚（约 1498—1554）：西班牙冒险家，驻智利总督，创建了圣地亚哥和康赛普西翁两座城市。1540 年，带领一百五十名西班牙人和一部分印第安人远征智利。成功穿越智利北部的沿海沙漠，在智利河谷击败了为数众多的印第安人，1541 年 2 月 12 日建立了圣地亚哥。之后在同阿劳坎印第安人的战争中被人杀害。

在攻打智利的传奇战争中，这句话被广为传颂。虽不是夸大言辞，却也是有凭有据的说辞。如果当年瓦尔迪维亚即将被天下无敌的阿劳坎人考波利坎杀害的时候，我敢肯定，他一定不会像即将被猎杀的猎物一样满心怨恨，而是会认为自己死得其所。这可不是胡说八道，从他的生平就不难看出这一点。

历史上常常会出现这样的人：他们对权力有无限的渴望，为了获得至高无上的权力，他们甘愿忍受任何苦难。瓦尔迪维亚正是这样的人，而且他也以统治者的身份统治着一个善于战斗的国家。

阿里卡这个小港口令人感到惬意，这里依然留着之前主宰这块地方的秘鲁人的痕迹。秘鲁和智利彼此相邻，而且有共同的祖先，可二者却截然不同。阿里卡正位于两国的交汇处。

海角的岩壁壮丽而陡峭，拔地而起高达上百米，这里正是这座城市的骄傲所在。炎热的天气、棕榈树以及市场上销售的亚热带水果，给予了阿里卡一种和南方城镇截然不同的特点，而这种特点正是加勒比城镇独有的。

镇上的一家医院的医生允许我们住在医院里，但他的态度非常不友好。尽管我们两个是有档次的流浪汉，但他对我们的不尊重的态度和那些蔑视流浪汉的有钱、有地位的中产阶级没有任何区别。

次日早晨，我们便逃离了这个不够热情的地方，朝着秘鲁和智利的边境挺进。但在这之前，我们先用最后的泳姿跟太平洋告别，并且用上了香皂以及所有能用的东西。这样的游泳又刺激了沉睡在阿尔维托体内的渴望：品尝海鲜。

我们游走在悬崖边的海滩上，寻找着蛤蜊以及其他可以食用的海鲜。我们享用了一些黏糊糊的、咸咸的东西之后，饥饿依然没有离我们而去，而且阿尔维托的欲望也没有得到满足。

说实话，这些根本无法点燃我们愉悦的心情。黏糊糊的东西原本就会令人作呕，如果没有调味料，情况会更加糟糕。

在警察局用过饭之后，我们便和往常一样出发了。我们沿着海岸徒步来到边境，路上碰到了一辆货车顺便捎上了我们，总算舒舒服服地顺利赶到了边防站。在那里，我们碰到了一个曾经在阿根廷边境工作过的海关人员。

他看出了我们对马黛茶的喜爱，并且表达了他对我们的赞赏，于是，从他那里我们又得到了一些饼干和热水。更欣慰的是他帮我们找了一辆去塔克纳的顺风车。边境上，警长毫不掩饰他对我们的欢迎程度，只装模作样地跟秘鲁境内的阿根廷人闲聊了几句，便跟我们握手告别了。之后，我们告别了热情好客的智利。

智利记忆

当年写下的这些游记，凭借的是当时的新鲜感和热情，所以写出来的内容可能会令人感到浮夸，甚至有的还背离了原本的科学探索精神。现在，已经过去了一年多，再来评论智利可能并不合适，但我非常愿意回顾一下自己当初写下的文字。

我的专业领域是医学，就从这里开始吧。整体上来说，智利的医疗保健需要改进的地方非常多（即使后来我才知道，智利的医疗保健水平远远超过了我所了解的其他国家）。免费的公立医院数量非常少，甚至现在的医院里可以看到那样的海报明目张胆地贴在那里："如果你没有为医院的存在做任何事，就没有资格对现在的治疗发表任何怨言。"

但在北方就医，一般会免费治疗，但不得不支付价格不均的住院费，有低价格消费，也有正常消费，甚至有相当于掠夺的天价消费。丘基卡马塔矿上的工人受伤或者生病的时候，每天都需要支付五埃斯库多①的住院费和医疗费。

然而，如果你不是矿上的工作人员，每天需要支付的费用则高达三百到五百埃斯库多。医院财力匮乏，药品和设施均不健全。不只是小城镇，就算是瓦尔帕莱索这样的大城市，手术室往往会照明不良、卫生条件极差。手术设备不齐全，卫生间脏乱差，所有人的卫生意识都差强人意。

① 埃斯库多：智利的旧货币单位。

按照智利人的习惯，用过的卫生纸不能丢到马桶里，而是丢在地上或者专用的盒子里。后来我才知道，整个南美洲差不多都有这样的习惯。

智利的生活水平赶不上阿根廷。南部的失业率非常高，而且工资水平特别低，政府提供给工人的保护也少得可怜，但比起南美洲北部，智利的情况还算好些。这些情况，都是智利人大批大批地移民阿根廷的原因，他们要寻找传说中的黄金城。

政治家们一直都在向安第斯山脉以西的民众宣传着黄金论。虽然工作在北方的铜矿、硝石矿、硫矿以及金矿里的工人收入很好，但不得不支付高昂的生活费，而且很多必要的消费品经常短缺，加上山上的恶劣气候，工人的生活并不好。我想起了和丘基卡马塔的某位经理之间的对话。我问道，这里埋葬的工人达到一万多名，他们的家属获得的抚恤金有多少？经理意味深长地耸了耸肩膀，没有回答。

智利的政治局面非常混乱（这段文字写于伊瓦涅斯成功当选之前），当时的总统候选人有四位，其中胜算最大的是卡洛斯·伊瓦涅斯。他是一名退役军人，拥有类似于庇隆的独裁倾向和政治理想，他用一位元首的所有热情来鼓励公众。

社会主义民众党是他的权利基础，同时很多小党派也联合起来支持民众党。据我分析，政府竞选者佩德罗·恩里克·阿方索排在第二位，但他的政治立场并不明确。看上去他交好美国人，但同时又在讨好其他的党派。

另一位候选人阿图罗·马特·拉腊因是右翼领袖，是个大人物，也是已故总统亚力山德里的乘龙快婿，获得了国内各个保守团体的支持。地位最为不利的是人民阵线上的候选人萨尔瓦多·安连德[1]，他获得了共产主义者的支持，但也因此被剥夺了选举权，因此他不得不面对自己的选票数减少四万多张的事实。

伊瓦涅斯的做法很可能是这样的：利用人们仇视美国的心理，继续奉行拉美式政治；国有化所有矿产，虽然秘鲁有很大面积的矿床归美国所有，而且美国已经准备开采了，可这样的事实并没有令我更加相信矿产国有化的可行性，至少，短时间之内不可能实现；同时继续推进铁路国有化，并且大幅度地促进智力和阿根廷之间的经济合作。

作为国家的智利，为每一个愿意为其做出贡献的人提供经济保障。也就是说，只要不是无产阶级，任何接受过教育并掌握一定技术的人都能得到经济保障。智利的土地充足，完全可以通过饲养牲畜（尤其是羊）、种植庄稼来实现自给自足。

智利的矿产资源非常丰富，煤、铁、铜、金、银、锰、锡和硝石，这些矿产也能为智利成为工业强国提供保障。智利现在面临的首要任务就是摆脱美国人的控制。然而，就目前情况来看，这个任务着实是任重道远。

这是因为美国在智利投入了巨资，一旦美国的利益有损，美国人就能轻易地动用经济霸权，嚣张跋扈。

---

① 萨尔瓦多·安连德：于 1970 年当选智利总统。1973 年，在美国支持下智利发生了政变，奥古斯托·匹诺切特将军的独裁统治开始了，而且一直持续了十七年。——作者注

塔拉塔，全新的世界

这座城市的界标就是国民卫队站，刚离开卫队站十几米的距离，我们已经感觉背包异常沉重了。大太阳底下的我们，跟平时一样，穿的衣服过多，但后来我们依然觉得不暖和。坡路陡得很，非常难走。当年，为了纪念在同智利的战争中牺牲的秘鲁人，在村子里修建了一座金字塔形的建筑。没过多长时间，我们就走到了建筑跟前。

我们决定先在这里休息一下，如果足够幸运，说不定还能碰上顺脚车。沿路看到的都是寸草不生的石头荒山，以及静静矗立着的塔克纳。这里的街道卫生很差并且窄小不堪，远远地看到赤褐色的屋顶，心情不免有些沮丧。第一辆卡车经过的时候，我们激动极了，小心翼翼地伸手表达着想搭车的想法。

没想到车真的停了下来。阿尔维托向司机解释着我们的目的，希望他能捎带我们一程。阿尔维托的解释我已经能背下来了。司机居然同意了，他示意我们爬上后车厢，跟那群印第安人一起搭车。

我们欣喜地拎着大包小包准备上车的时候，突然间听到司机大喊："你们知道吧？到塔拉塔需要支付五索尔。"

阿尔维托愤怒了，大声地质问司机为什么我们说免费搭车时他不说收费的事情。但司机根本不理他的愤怒，只是在说他可不知道"免费"是怎么回事，要去塔拉塔就必须给五索尔……

“司机都这个德行”，阿尔维托非常生气。刚开始的时候，是我建议步行到镇子外面搭车的，但他居然把愤怒怪罪到我的头上。虽然他当时建议就地等车，但现在却不得不做出决定。我们可以走回镇里，但那样就等于宣告失败；我们也可以继续往前步行，顺其自然地等便车。最后我们选择了后者，继续前行。很快，事实就证明了我们的决定并不聪明。太阳落山的时候，四周再没有任何生命迹象。但我们依旧幻想着在村庄的附近会出现一间小房子或者其他什么可以住宿的地方。靠着这样的幻想，我们没有停下脚步。

天完全黑下来后，我们仍然没有找到任何一个可以留宿的地方。更为糟糕的是，我们已经用光了煮茶和做饭的水。天非常冷，在沙漠气候和高海拔的影响下，一切都变得越来越糟糕。一般人一定无法想象出我们有多疲惫。我们当下就决定将毛毯铺在地上，就那样睡一晚上。漆黑的夜晚没有月光，我们摸索着打开毯子，将自己包裹起来。

五分钟过后，阿尔维托说他快冻僵了，我也只能说我觉得更冷。但现在不是比谁更冷的时候，我们决定解决现在的寒冷问题。我们找来一些小树枝，想点堆火暖和一下，也正好找些事情做做。结果不尽如人意，我们找到的树枝只有那么一小把，虽然火就在我俩中间，但火太小了，根本感觉不到温暖。肚子已经饿得叽哩咕噜了，加上寒冷，我们异常烦躁。到了这种程度，我们无法一动不动地盯着几根没有烧完的树枝了，不得不收拾行囊在一片漆黑中摸索前行。

刚开始，为了让身体热起来，我们走得非常快，但很快就上气不接下气了。我感觉到夹克下流淌而下的汗水，可我同样感到像刀子一样刮脸的刺骨寒风以及冻得发麻的双脚。两个小时后，我们俩彻底累倒了。手表显示的时间是凌晨十二点三十分，就算是乐观点估计，距离天亮也还有五个小时。

我们又互相埋怨了一下，试着裹紧毛毯睡上一觉，但五分钟后我们再次动身了。远处的车头灯划破黑夜时，我们并不激动，因为搭车的机会实在太小，车头灯的出现只是让我们能看清路而已。果然不出所料，尽管我们呼喊得几近疯狂，卡车却依然不理不睬地开了过去。借助车灯光，我们看清了眼前这片没有任何生命迹象的不毛之地，没有房子，没有树木。

我们不再慌乱，但时间变得更加漫长，几分钟已经像几小时那样漫长。远处传来了两三次的狗叫声，我们好似看到了一线希望。但漆黑的夜晚遮蔽了一切，狗叫声再没有传来，或许狗已经跑到其他方向去了。

早上六点，明亮的晨曦中，路边的两座小房子出现在了我们的视线中。距离小房子还有几米时，我们健步如飞，如闪电一般地跑到了房子前，仿佛我们背着的背包完全没有重量。我们好像从来不曾受到过这样的盛情款待，好像从来没有吃过他们给我们的这种奶酪和面包，好像从来没有喝过这么提神的马黛茶。

阿尔维托拿出自己的医师资格证，不断地炫耀着，吹嘘着我们神奇的阿根廷，吹嘘着住在那里的庇隆以及他的妻子艾薇塔。阿根廷的所有人都是富人，就连印第安人都会受到友好的待遇，和这里完全不同。我们已经被这些朴素的人们当成了外星人一样。他们提出了无数个关于阿根廷和阿根廷人们生活的问题，我们一一作答。

阿根廷的夜晚同样寒冷无比，但我们却将那里描绘成了一个诗情画意的美好国度。在乔洛[①]的友善以及腼腆的鼓舞

① 乔洛：印第安人或梅斯蒂索人，是西班牙人与印第安人所生的混血儿。

下，我们要去感受一下阳光的抚慰。在附近的一个干涸的河床上，我们铺开毯子，躺在了温暖的阳光下，安然睡去。

在老比斯卡查①的建议下，我们将昨夜的艰辛抛之脑后，中午十二点就兴致勃勃地动身了。但路途遥远，很快我们便开始走走停停。下午五点，我们停下来休息的时候，正好一辆卡车开了过来。上面依旧有准备贩卖的人，因为在当地这是最赚钱的买卖。

没想到，卡车居然停在我们旁边，我们看到了塔克纳国民卫队的人正高兴地冲我们挥手。看到他们的邀请，我们立刻上了车。坐在后车厢的艾马拉②印第安人满眼的好奇，却什么也不敢说。阿尔维托想跟他们聊点什么，但他们基本不懂西班牙语。

卡车爬上坡道，车外一片荒芜，仅有的生命迹象就是拼命生长的几处荆棘丛。没过多久，突然听不到卡车上坡的轰隆声了，一声突然放松下来的声音响起后，我们爬上了高原。到了艾斯塔克镇，那里的风景令我们感到惊奇。

我立刻盯着眼前的美景忘我地欣赏起来，还不停地问着身旁的艾马拉人，这叫什么？他们是怎么来的？艾马拉人不知道我们在说什么，可从他们东一句西一句的西班牙语中，我感受到了更加深沉的感情冲击。我们眼前是一个魅力十足的山谷，像是依然保持着百年前的样貌，今日我们这些二十世纪的凡人有幸来此，得见奇迹。

印加人修建的灌溉渠蜿蜒而下，带着形成的上千个小瀑

---

① 老比斯卡查：阿根廷诗人何塞·埃尔南德斯写的关于加乌桥人生活的史诗《马丁·费耶罗》中的人物。——作者注

② 艾马拉：南美洲印第安人群体，居住在现在的秘鲁和玻利维亚的安第斯山脉中部高原上。

布流向山谷。流动的瀑布盘旋而下，令人称奇。我们前方的山顶被低低的云层遮蔽，云层的缝隙中正好能够看到山峰上的陈年积雪。梯田里，是印第安人精心耕种的庄稼，有昆诺阿藜、卡尼瓦藜、酢浆草，还有玉米和秘鲁红辣椒，这简直是一页植物学画卷。那些行走其中的印第安人，穿戴和我们身旁的人一模一样，颜色暗淡的羊毛短披风、紧身短裤以及用废轮胎或者绳子编织的凉鞋，和周边的自然环境浑然一体。

下山前往塔拉塔的路上，我们没有放过任何一个景象。艾马拉语的“塔拉塔”是交汇点或者顶点的意思。这个名字和眼前的景象非常搭配，塔拉塔所处的位置正好是群山守护的一个巨大V字形。

塔拉塔这个村庄古老而平和，几世纪流传下来的生活方式得以延续。这里有一座殖民教堂，是考古学的有力财富，它是外来的欧洲艺术和当地的印第安风格相融合的象征，这一点的价值甚至超过了它本身的历史价值。镇上的街道铺着当地采集的石料，狭窄而不够平整，背着孩子的印第安妇女小心翼翼地走在上面……简单来说，这里的每一幕，都是典型的西班牙殖民时期到来前的模样。

可是，我们看到的居民已经放弃了抵抗，再也不会反抗印加帝国的统治，再也不是那个逼迫他们在边境驻军的骄傲民族了。他们是败下阵来的民族，目光胆怯、甚至是惊恐的他们正在注视着穿过街道的我们，他们对外界的事情毫不关心。其中的一些人甚至是这样的：他们仅仅好似因为无法摆脱这样的习惯，所以才会继续保持过去的模样继续生活。

国民卫队的成员带着我们去了警察局，还让他们给我们提供了住所，请我们吃饭。我们在镇上溜达了一圈，休息了一会儿后，便在凌晨三点搭着顺风车去了普诺。多亏国民卫队，我们终于有了免费的顺风车。

抵达帕查玛玛

凌晨三点，秘鲁警察的毛毯给了我们温暖，我们终于恢复了体力。值班警察叫醒了我们，说是有卡车要去依拉维。我们真的不想离开他们。如果不是晚上太冷，这样的夜晚真是太神奇了。我们获得了特别照顾，不用和下面那些满身跳蚤、臭烘烘的家伙待在一起，而是可以坐在上面的木板上。

那些家伙身上的臭味如同无形的套索，令人窒息。卡车爬坡的时候，我们才真正地明白被特别照顾有多重要：再厉害的跳蚤也不可能跑到我们身上，更重要的是半点臭味都闻不到。

可是，夜晚的风异常凛冽，没过几分钟我们就快冻僵了。卡车继续前行，但夜晚越来越冷。为了不掉下去，我们的手不得不伸到毛毯外面去，尽管毛毯多少还能起到保护的作用，但如果不抓好，稍微一动就可能被抛到车后面去。

天快亮的时候，化油器出了毛病，尽管在高海拔地区经常会碰到这样的问题，但还是影响了引擎，卡车停了。这个时候，我们已经快达到海拔最高点了，大约海拔五千米。天边的太阳缓缓升起，一直处于黑暗中的我们终于看到一丝光亮。太阳给了我们神奇的心理力量——即使它还在地平线以下，但只要想到即将到来的温暖，我们就会倍感欣慰。

这片地区唯一的植被就是公路一侧的巨大的半球形菌类，利用这些植被我们点燃了一小堆火，并且加热积雪化了一点水。我们认为印第安人的民族服饰非常有趣，而他们则认为我们喝的饮料非常古怪。因为时不时就会有人过来用不成句的西班牙语问道，水里面为什么要加入那种奇怪的人造物。无论如何，卡车是无法启动了。

我们只好徒步走了三公里的雪地。印第安人用他们那长满老茧的双脚，轻松地赤脚走在冰冷的雪地上，却完全无感。而穿着羊毛袜和长筒靴的我们依然觉得脚指头已经冻僵了。反差如此巨大，真是难以置信。印第安人虽然疲惫，脚步却依然坚定，排着队一路小跑的他们犹如一队美洲骆驼一般。

经过简单的维修，卡车终于活了过来，得以继续前行。很快，我们越过了最高的山顶。山顶上有一个由不同大小的石块堆成的锥形石堆，上面还放着一个十字架。卡车经过石堆的时候，几乎所有人都吐了口唾沫，另有一两个人在胸前比画着十字架。我们想知道这是什么奇怪的仪式，但所有人都用沉默回应着我们。

下山的时候，阳光慢慢暖和起来，气温舒适宜人。发源于山顶的那条小溪，伴着我们来到山下后已经成长壮大了。我们被周围白雪皑皑的山顶包围，卡车驶过一群美洲驼和羊驼旁边，除了几头年幼的骆马远远地躲开之外，其它的都好似没看到驶过的卡车。

一路上，我们走走停停，并且偶遇一对印第安父子。儿子说着流利的西班牙语，父亲却局促不安地跟我们打听着美妙的国度“庇隆王国”。旅行途中的美丽景色令我们联想颇多，于是我们便有声有色地给那位父亲讲述着各种见闻，甚至随意给那位“首领”的功绩中添油加醋。

另外，我们还讲述了阿根廷田园般的优美生活。这位父亲让他的儿子跟我们说，想跟我们要一份能保障老年人权益的《阿根廷宪法》。我们承诺会寄一份给他。在我们准备继续赶路的时候，那个印第安父亲突然从衣服里拿出一根让人流口水的玉米棒子，并送给了我们。按照民主原则，我们快速地将玉米粒瓜分掉。

到了下午，天空变得阴沉沉的，像一口罩在我们头顶的大锅。我们经过的地方有一处非常有趣。路边是被腐蚀成封建时代城堡模样的巨大岩石，城堡上面有城垛，还有怪兽状的滴水嘴鄙视地看着我们，令人感到不安，另外还有一群像哨兵一样守护着这里的巨大怪兽，他们是确保生活在这里的神灵不被侵扰的保障。

轻抚着我们脸庞的绵绵细雨，一段时间后，慢慢变成了倾盆大雨。听到司机在喊“阿根廷医生”，他在邀请我们坐到前面的驾驶室。这可真是最舒服的地方了。很快，我们交了一个新朋友，他是来自普诺的教师。因为他加入了美洲人民革命联盟，当地政府就以这个理由开除了他。很明显，他有土著血统，而且是“阿普拉党①”的成员，可这一点和我们没任何关系。

很显然，他对印第安与众不同的风俗文化了解得非常清楚，听到他讲的趣闻轶事以及对教师生涯的回顾，我们开心极了。他具有印第安血统，因此关于当地的戈雅人和艾马拉人，专家们爆发无休止的争辩时，出于本能，他总是会站在艾马拉人那边。

他还跟我们解释了一下之前看到的那个奇怪仪式。原来，每一个去山顶的印第安人，都要用一块石头寄托对大地之母帕查玛玛的哀思。久而久之，就形成了那个锥形的石堆。四

---

① 阿普拉党：美洲人民革命联盟（APRA），后改称秘鲁人民党，是秘鲁的第一大党。

百年前，西班牙人入侵的时候，曾试图毁掉这种仪式、摧毁他们的信仰，但终究以失败告终。

看到无法毁掉这种信仰，西班牙的修道者们便把十字架放到了石堆上。之前见到石堆时，只有少量的印第安人在胸口画了十字，可见在这里天主教并未取得很好的发展。普及了现代交通工具之后，印第安信徒们以吐出嚼过的古柯叶的方式代替了放置石头，这样他们的苦难也同样会随着帕查玛玛一起长眠于此。

一说到他的印第安同胞，这位教师感染力十足的声音便会更加高亢，他也为那些曾经具有反叛精神、曾经对印加军队奋起抵抗的艾马拉民族感到骄傲吧。但一提到印第安人被现代文明和梅斯蒂索混血儿迫害的现状，他高亢的声音便会变得低沉而空洞。

梅斯蒂索混血儿处于印第安人和西班牙人中间，两边受气，所以便迁怒于艾马拉人，他们是他的死敌。他说他要建立学校，以将他们的世界观和价值观更好地介绍给其他人，并希望能发挥应有的作用，对现有的教育体制进行改革；现有的教育体制，给予印第安人的教育机会非常有限，而且教育的界定标准是由白人界定的，但这种教育只能令他们更加充满仇恨和怨念，他们不仅不能让印第安同胞受益，还会让他们始终处于劣势，因为他们始终在一个对他们满是敌意且不愿接纳他们的白人世界中挣扎。

即便是受过教育的印第安人，能谋到的职位也仅仅是政府部门中的低微职位，终将郁郁一生，毫无作为。即使到了生命的最后一刻，他们都在渴望自己的子孙能拥有统治者的血统，渴望这种血统能爆发神奇的力量，帮助子孙后代实现自己一生都在可望而不可得的东西。

说到这里，他已经激动得紧握双拳，好似在急切地渴望着他想象中的模型，又像是一个命途多舛的人在剖析自我。他不就是受过教育的典型例子吗？现有的教育毁掉了接受教育的人，他居然认为那种血统能帮到他。就算这样的血统源自某个被卖掉的可怜的梅斯蒂索女人，或者源自某个被醉酒的西班牙人蹂躏过的印第安女仆。

我们的旅程即将结束时，这位教师也不再说话，我们陷入了沉默之中。卡车拐弯了，我们看到了由之前那条山间小溪长成的宽大河流。过了这座桥，我们到达了依拉维。

太阳湖

我们只能看到圣湖美丽面纱的一角，挡住我们视线的是环绕着普诺海湾的如舌头般狭长的陆地。芦苇舟在波澜不惊的水面上四处穿梭，几艘渔船从圣湖的入口处飘荡出来。寒风刺骨，天空沉闷得令人窒息，正映照出我们此时此刻的心情。我们直接去了普诺，并没有在依拉维停留，但我们的好运似乎已经用尽了。指挥官把我们赶走了，说是边防哨卡不允许任何外国人留宿。

很遗憾，我们还没欣赏够圣湖的美好风光就不得不离开了，我们来到码头，想找人划船载我们游湖。我们还聘请了翻译，因为这里的渔民都是不懂西班牙语的艾马拉人。翻译只花去了我们五索尔，价格很公道，但我们不得不带着那个意见颇多的“狗皮膏药”似的向导。我们原本想到湖里畅快地游一下，但指尖感受了水温后，立刻就放弃了。阿尔维托表现不俗，脱掉了衣服和靴子，最后却不得不乖乖地再穿上。

灰色而广阔的湖面上，零散地分布着各式小岛。看着眼前的远景，翻译聊起了当地的渔民生活。这里一些人几乎还在遵循着古老的生活方式，甚至没见过白人，他们吃着和过去一样的食物，采用五百年前的捕鱼方法，服饰、仪式和传统都得以保留。

我们剩下的马黛茶已经很少了。返回码头后，我们想找一点马黛茶，于是决定去碰碰运气，去了一艘在普诺和玻利维亚码头之间往返行驶的货船上。但是，玻利维亚北部的人中，喝马黛茶的并不多。实际上，他们根本不知道马黛茶，所以我们没找到任何茶叶。我们仔细观察了这艘船，这艘英国设计并在此建造的船奢华无比，其华丽与当地的贫穷毫不协调。

在国民卫队站，我们终于解决了住宿问题。一位非常热情的中尉，安排我们住在医务室。虽然只有一张床，但两人合睡还算舒适暖和。次日，我们兴致盎然地参观了教堂，然后便搭上了顺风车去了库斯科。普诺的一位医生写了一封介绍信，让我们交给埃尔默撒医生，这是一位现居库斯科的麻风病专家。

前往世界的中心

第一段行程很短，我们在湖里亚卡下了车，因为我们需要重新找车才能继续北上。按照普诺国民卫队的建议，我们去了警察局。一个酩酊大醉的警官接待了我们，我们一见如故，他还要请我们喝酒。他点了啤酒，除了我大家都是一饮而尽。

“阿根廷来的朋友，怎么？你不喝酒?”

“不，我当然喝酒，但我们阿根廷人可不会这么喝。不要误会，我是说我们会一边喝酒一边吃点东西。”

“哦，埃内斯托，你怎么不早说?”他极力模仿我们国家的说话方式，但鼻音浓重。他招手叫来服务员，又点了美味的奶酪三明治。我非常满意。接着他开始讲述他的英雄事迹，鼓吹他绝妙的枪法，还说当地人都非常敬畏他。

为了证明他所言不虚，他拔出手枪，看着阿尔维托：“切依，你看看，你在嘴里叼根烟，站到二十米开外的地方，我一定会一枪把烟点着。如果没有，我给你五十索尔。”

阿尔维托没有站起来的意思，他可不会要钱不要命，更不可能为了五十索尔就冒生命危险。

“去吧，切依，我出一百索尔。”阿尔维托依然没有起身。

当警官开价到二百索尔时，把钱扔到了桌子上，但阿尔维托只是眼睛一亮，并未起身，他的自卫本能阻止了他。警官摘下帽子，看了一眼镜子，便将帽子向后一扔，同时就开了一枪。最后，帽子完好无损地落了地，酒吧的墙却不幸中枪。这一枪激怒了酒吧老板，她撒腿就跑去警察局投诉了。

几分钟后，负责调查的警官便赶过来了。他拉着醉酒的警官到角落里聊了几句后，醉酒的警官便回到我们中间，他一边愤怒地数落阿尔维托，一边冲他挤眉弄眼地使眼色："你给我听着，阿根廷人，刚才放的那种鞭炮，还有没有了？"

阿尔维托立刻就明白了他的意思，一脸无辜地说已经没有了。调查的警官警告了阿尔维托，公共场所禁止燃放鞭炮等等，接着告诉老板，墙上什么枪痕也没有，就这样算了吧。女老板原本想让那个靠墙站着的警察挪挪身子，但内心权衡了一下，便做出了聪明的决定，再也不说开枪的事了。而是扭头气势汹汹地教训了阿尔维托一顿。

"阿根廷人是不是觉得哪里都是自己的家？"她一边教训，一边连说带骂着什么。

我们已经逃得远远的了，根本听不清她还在说些什么。一边跑，阿尔维托一边可惜还没吃完的三明治，而我却还在对啤酒依依不舍。

我们重新找了顺风车，车上还有几个来自利马的年轻人。路上，印第安人依旧是沉默，而那几个年轻人却在使劲表现，试图证明他们比印第安人强多了，但倍受骚扰的印第安人并没有表现出来自己的不满。刚开始，我们并没有搭理他们，而是在看着别的方向。

但几个小时后，车开上了广阔的平原，为了避免旅途过于沉闷，我们和几个年轻人说了几句。因为那些时刻警惕我们的印第安人根本不理睬我们的话，对我们唯一的回答就是随意地一哼，而这几个白人就成了我们唯一的交流对象。

实际上，这些利马小伙子也算正常，但他们想摆脱任何和印第安人的关联。当我们嚼着他们好不容易给我们找到的古柯叶时，这几位纯真善良的朋友已经在开心地跳舞了。

夜幕降临的时候，我们来到了一个名为阿亚维里的村子，我们住到了旅馆里，住宿费由国民卫队的头儿支付。

在我们即将对他的慷慨之举提出反对的时候，他说道："对不起，我可不能让两位阿根廷医生因为没有钱而露宿街头，决不允许。"

虽然床非常暖和，但我们基本上一夜未睡。之前勉强吞下的古柯叶开始发作，一整夜我们都在犯恶心、头疼肚子疼。

次日一早，我们便乘着同一辆车去了锡夸尼。下午抵达目的地的时候，天上飘着小雨，加上我们又冷又饿，几乎已经垮掉了。我们依然在国民卫队留宿，他们对我们一如既往地热情。一条可怜的小河流经锡夸尼，被称为比尔卡诺塔河。接下来的一段路程，我们会沿着这条河水浑浊的小河一路前行。

锡夸尼的市场上货物种类繁多，色彩斑斓。小贩们反反复复的揽客声和人群发出的嗡嗡声不断钻入我们的耳朵里。看着眼前的一切正在愣神间，我们好奇地发现街边的人正在聚拢。

被安静的、黑压压的人群围起来的是一支正在行进的队伍。十多个身着彩色服饰的修道士走在队伍的前面，后面紧跟着身着黑衣、扛着一口棺材行进的乡绅，他们面色庄严而沉重。这标志着刚刚结束了一场葬礼，后面的人群乱哄哄地挤在了一起。

队伍停止了前进的步伐，阳台上出现了一位身着黑衣的人，看着手里的几张纸念念有词："他深受人们的敬爱，在和伟大而高尚的他道别之际，我们身负责任……"等等。他唠唠叨叨地念叨一堆后，队伍又走到了另一个街道。阳台上又出现一个身着黑衣的人。

“有的人虽然离开了这个世界，但他的善行和高尚品德将被世人永远铭记……”就这样，每到一个拐弯处，他们便放下棺材悼念一阵，终于将亡者送到了安身之地。但他的身后，却留下了村民们一路的埋怨。

接下来的一天，和前几天的旅程基本一致，但我们终于到达了目的地：库斯科。

世界的中心

库斯科，用“引人遐想”这个词来形容非常贴切。这里仿佛沉淀了另一个世界的无形尘埃，但当你伸出手抚摸的时候，又仿佛摸到了溅落泥浆的泥塘。不只是一个角度，我们完全可以从两三个不同的角度端详这座城市。

从玛玛·奥洛克将黄金手杖轻易地插进库斯科的土地开始，印加人的祖先就知道了这里已经成为维拉可查为子孙后代挑选的居所。从此，他们不再流浪，他们将以征服者的姿态享用这片乐土。眼前的一切令他们激动，日渐强盛的帝国令他们的视线越过四周的高山，看得更加遥远。

这些流浪者们改变了自己的信仰，在被他们征服的土地上、在世界的中心库斯科建设各种要塞，建起扩张所需的帝国防御萨克萨瓦曼堡，开始了塔万延苏约的扩张。这座城堡异常壮观，高高地屹立在库斯科的土地上，为了防御帝国敌人的报复而日夜守护着寺庙和宫殿，凝视着整座城市。无知的西班牙人毁掉了一切，要塞和神庙变成一片废墟，宫殿被洗劫一空，整个民族都受到了冷酷的压榨，面前的库斯科已经面目全非，令人叹息。

然而，这样的库斯科给人一种冲动，恨不得立刻拿起武器，加入为保卫印加自由和生机而战的队伍中去。

站在城市的上方，我们能看到库斯科不同于废墟的另一面：色彩斑斓的屋顶，原本的和谐和统一感被巴洛克教堂的圆顶破坏殆尽。放眼望去，看到的是狭窄的街道和身着传统服饰的当地民众，还有浓浓的地方特色。

眼前的库斯科令人流连忘返，走马观灯般欣赏着的各种特色，同冬天里深灰色的天空惬意地融合在一起。

可库斯科不仅如此，还有另一番面孔。一座生机勃发的城市纪念碑讲述着征服了这里的西班牙斗士的故事。在博物馆和图书馆中，在教堂的前面，白人的头领依然以这场征服为傲，他鲜明的面容里，透露给我们一个不一样的库斯科。这样的库斯科会激发你的斗志，披上战甲、跨上战马，在赤身裸体、丢盔弃甲的印第安人中杀出一条血路，一鼓作气摧毁他们用身体筑起的城墙。

我们欣赏库斯科的每一张面孔，愿意为其每一张面孔驻足停留。

印加的领土

库斯科四周群山环绕，在长居此地的印加人看来，群山不是屏障而是危险所在。他们在山上修建了萨克萨瓦曼堡。对于不求甚解的人来说，他们的解释或许已经令他满意，但对我来说，这种解释远远不够。说来，萨克萨瓦曼堡确实有可能是城市发展的中心。

印加人在结束游牧生活之后的一段时间内，也只是个略有志气的小部落，想和具有绝对数量优势的敌人抗争，就必须在生活的周围做好防御，萨克萨瓦曼堡的存在无疑是最理想的。从萨克萨瓦曼堡的建筑布局来看，抵御外敌这个理由并不充分。

如果再加上库斯科仅仅在这一个方向建有防御工事，其他方向却没有任何防御，萨克萨瓦曼堡的布局就更解释不清楚了。因此，只能说萨克萨瓦曼堡既有城市的功能又有要塞的功能。

不得不提的是，萨克萨瓦曼堡控制的正好是去往库斯科的两座陡峭山谷。面对锯齿状的城墙，进攻的敌人定当进入三面受敌的困境。即便敌人打破城墙，等待着他们的将是第二座、第三座城墙。而这个时候，防守的印加人完全可以放心地调兵遣将，全力反击。

这些同这座城市之后的光辉一起构筑了克丘亚武士的高大形象，任何来犯之敌都将是他的手下败将。修建这个防御工事的民族天生精于数学、擅于创造，但我认为，这个防御工事源自前印加文明，当时的他们尚未学会享受物质生活的优越。

克丘亚民族既冷静又擅于自制，文化虽不繁荣，建筑和艺术上的造诣却非常高。在同敌人的战斗中，克丘亚武士屡战屡胜，将敌对部落赶出了库斯科的土地。要塞中容不下越来越多的人口之后，他们便沿着赖以生存的溪流迁徙到了附近的山谷中。他们切身感受到了当前的物质荣耀时，才开始回顾过去，想知道自己为什么会如此优越。

为了感谢护佑他们的神灵，向帮助他们获得统治地位的神灵表达敬意，庙宇被修建起来，甚至出现了神职。他们建造出了气势磅礴的库斯科，并以此展现了他们高超的石头艺术，然而，西班牙人最终还是摧毁了他们的防御。

曾经的征服者为了永远掌握统治权，像一群疯子一样残酷暴虐。印加民族统治的时期已成为过去，但时间并没有毁掉他们谜一般的石头街道。这座城市被白人侵略军攻破之后，遭到了肆无忌惮的洗劫，印加庙宇也遭遇袭击。城墙上覆盖的、象征着太阳神印蒂的黄金令他们垂涎欲滴。

整个民族都沉浸在悲伤之中，侵略者却以残忍的快感摧毁了代表生命和快乐的象征。印蒂的神庙不复存在，之前的墙砖被用于修建传播新信仰的教堂，大教堂代替了之前气势恢宏的宫殿，圣多明戈教堂屹立在之前太阳神庙所在的土地上，但这也成为骄傲不已的侵略者所留下的惩罚和教训。

但是，美洲之心已经愤怒不已，安第斯山的另一侧时不时地传来怒吼和震颤，狂暴的痉挛席卷地面。引以为傲的圣多明戈大教堂的穹顶曾三次倒塌，梁柱断裂、墙壁开裂崩塌，可是曾经的太阳神庙主体的灰石现在的教堂地基却岿然不动。不管上面的统治者正在承受什么样的苦难，这些石头却一直稳如泰山。

相比受到的侮辱，孔[1]的复仇便显得不值一提。这些石头现在已经不奢求那些令人憎恶的外来人种能被自己的保护神摧毁，所以一副无精打采的模样，看到它们，游人也只能发出阵阵叹息。尽管印加·罗卡[2]宫殿是印第安人历经艰难修建起来的，石头上雕刻的图案也非常精美，但面对白人征服者的狂暴肆虐，面对征服者欠缺的穹顶、拱门、砖瓦知识时，却没有起到任何作用。

印第安人异常痛苦，却没有看到神灵降罪于征服者，却看到了一座座新建的教堂，他们引以为傲的历史甚至被这些教堂掩盖掉了。在征服者看来，印加·罗卡宫殿高达六米的宫墙也不过是统治者的行宫，宫殿的建筑结构透露出来的也不过是战败者无力的呐喊。

这个民族孕育了《奥杨泰》[3]，留给世人的也不仅仅是用来纪念往日光辉的库斯科建筑群。标志着印加文明历史的印记散布在比尔卡诺塔河以及乌鲁班巴河沿岸一百多公里的长条带上。

最重要的要塞位于山顶，坚不可摧的要塞，看上去无懈可击。这条小路崎岖难行，我们艰难行走了两个小时后，终于抵达皮萨科山的山顶。在我们之前，西班牙士兵曾来到这里，他们用自己的刀剑摧毁了皮萨科的防御和庙宇，杀死了保卫皮萨科的人们。站在散乱的石头之间，你能看到这里曾

---

① 孔：印加神话中的风雨之神，太阳神印蒂和月亮女神之子。

② 印加·罗卡：印加君主，在位时期大约是十四世纪。

③ 奥杨泰：记述了印加将军奥杨泰的史诗戏剧，主人公因与一位印加公主相爱而被处死。——作者注

经是祭司们的居所，同时也是防御设施。印蒂瓦塔纳[①]曾在此停留，并且捆绑了正午的太阳。然而，现在已经看不到任何相关痕迹了。

沿着比尔卡诺塔河河岸，我们来到了奥杨泰坦博，路上看到一些并不重要的遗迹。在这个巨型要塞里，曼科二世[②]曾和西班牙侵略者英勇奋战，曾经在此抗击埃尔南多·皮萨罗率领的部队，而且建立了由四个印加家族组建的小王朝。这个王朝一直和西班牙帝国共存，直到最后一个软弱的帝王被托莱多总督下令刺杀，倒在了库斯科的广场上时，共存的局面才宣告结束。

一座高度不足百米的小山，直直地插入了比尔卡诺塔河上，奥杨泰坦博要塞的位置就在这座小山的山顶以及唯一一面难防的山坡上。连接小山和旁边山脉的几条小路非常狭窄，势均力敌的敌军轻易地被石头制的防御工事牵制住。要塞的上半部分是士兵们的宿舍，要塞顶上的庙宇可以用来存放战利品。

而现在，修建那座庙宇的石头已经移位，甚至踪迹全无。而要塞的下半部分则完全采用了防御式的建筑方式，在坡度不大的地方，要塞分成了二十个层级，完全能从不同的方向抗击入侵者，易于防守。

---

① 印蒂瓦塔纳：又被称为“拴日石”，是印加人制造的日晷，传说中，每到冬至，为了祈祷太阳重新回到这里，印加人便象征性地将太阳拴在这块日晷上。

② 曼科二世：帮忙推翻阿塔瓦尔帕之后，埃尔南多·皮萨罗将其推上了印加国王的地位，但随后曼科二世掉头开始反抗西班牙人的侵略。1536 年，他在奥杨泰坦博发动了第一次起义，但以失败告终。——作者注

在返回库斯科的路上，在萨克萨瓦曼堡附近，我们看到了一处非常典型的印加建筑，导游说那是印加人洗澡的地方。但我认为很奇怪，考虑到这所建筑距离库斯科的远近，我觉得这里只可能是用来完成宗室的沐浴仪式。

如果事实真是如此，古代的印加皇帝一定拥有比后代更坚韧的肌肤，因为那里的水虽然喝着不错，但凉度令人难以接受。在印加山谷的入口处，有一处名为坦博马查伊的遗址，三个四边形的深坑，形状并不清楚，用途更是无处考证。

在这里，马丘比丘是最具考古和旅游价值的地方，在土著语中，这个名字是“古老的山”的意思。看到这个名字，我们很难想象一个自由民族的最后一代人竟然会居住在这里。

美国的考古学家宾厄姆是发现马丘比丘的人，他认为这里不仅是抵御侵略者的避难所，同时也是处于统治位置的克丘亚族的圣地以及最早的居住地。之后，在西班牙入侵时期，这里也是溃败的军队的容身之地。表面看来，宾厄姆的观点似乎得到了种种验证。

例如，尽管奥杨泰坦博要塞后面的山坡坡度不大，难以保证有效打击敌人的进攻，但要塞里最关键的防御建筑仍然是背对着马丘比丘，可见他们要掩护的大后方正在这个方向。另一个证据就是，即使在抵抗失败后，他们仍然努力将这个地方隐藏起来。最后一名被捕的印加人距离马丘比丘有很大一段距离，宾厄姆在那里发现的尸骨几乎全是女性。宾厄姆认为这些尸骨属于太阳神庙的处女，而西班牙人从头到尾都没有找到任何太阳神教的成员。

作为一种建筑惯例，太阳神庙和有名的印蒂瓦塔纳都处于城市顶端。神庙是在作为基座的岩石上雕刻出来的，神庙的四周也垒着经过精打细磨的石块，种种迹象都表明这个地方非常重要。上面有三个不规则的四边形窗口可以看到河对岸，窗口均是典型的克丘亚建筑风格。

宾厄姆的观点是，印加神话中的艾留斯兄弟能够到外面的世界并引导天选之民到达这片土地上就是因为这三个窗户。但我认为这个说法非常勉强。而且，很多著名的研究员也不同意这种观点，另外有关太阳神庙作用的争论还有很多。

作为最初的发现者，宾厄姆始终认为它是一个封闭的圆圈，和太阳神庙一样。无论如何，石头的切割方式和形状都显示出了这个神庙的重要性，另有人猜测，印加人的墓穴就位于这些组成神庙地基的石头下面。

在这里，你很容易就会发现村子里有不同的社会阶级，而且不同阶级的地盘也完全不同，而且多多少少会和其他族群之间保持相应的距离。

很遗憾，他们的屋顶都是用茅草做成的，即便是最豪华的房子的屋顶也没有使用其他材质，对于这些拱顶知识匮乏的人来说，这绝对不是一个简单的问题。在武士的房间里，我看到了犹如小房间一般的洞穴，洞穴两边开凿的孔正好可以伸出一条胳膊。

显而易见，这里是体罚犯人的，被体罚的人的胳膊被迫伸出孔洞，然后受到的惩罚是反方向推，一直推到犯人骨头断掉才停。我并不知道这个想象是否成立，所以自己伸进孔洞试了一下。在阿尔维托缓慢的推动中，他用一点点力气就会令我痛苦难耐，如果他再推一把，我觉得我全身的骨头都会断掉。

但是，马丘比丘的瓦伊纳比丘（意思是“年轻的山”）海拔为二百多米，从那里我们可以看到宏伟壮观的城市要塞。我们可以肯定，很久以前这里一定是观望点，这里的废墟并不重要，所以不会是居住点或者防御工事。

马丘比丘的一面是深达三百多米的深渊，一面是连接着“年轻的山”的狭窄山谷，两面均坚不可摧。而且层层梯田的那一面最容易受到敌人攻击，但即使那里也很难发起任何一种进攻。

马丘比丘的正面朝南，正面是大片大片的防御工事以及天然形成的狭窄山谷，这个方向更难发起强烈进攻。如果你没忘记山脚下那条汹涌流淌的比尔卡诺塔河，就会发现，马丘比丘的第一批居民选择这块地方，确实是明智之选。

实际上，我们并不是非常关心库斯科的起源，这些还是留给考古学家去发现吧。最确定的、最重要的是，在这里，我们找到了美洲最强大的土著所具有的纯粹的一面——他们的城墙之间富含了强大的感召力，没有受到征服者带来的文明的影响。

堡垒周围壮丽的风景形成了很好的背景，令寻梦人情不自禁地徘徊于这一废墟之上。然而，实用主义世界观束缚着我们，来自北美的游客大概会将旅途中发现的分崩离析的部落和这些曾经存在的城墙联系在一起，从而忽略了伦理上的分割距离。因为除了半土著的南美洲人以外，没人能了解这些微小的差别。

我们的“地震之主”

地震之后，教堂中传来了第一声玛利亚·安哥拉的钟声。玛利亚·安哥拉钟是地球上最大的钟之一。听说一位名叫玛利亚·安古洛的女士为这口钟捐赠了二十七公斤黄金，并全部被熔进了钟内，可是因为俚语韵律的原因，钟的名字便成了玛利亚·安哥拉。

在1950年的地震中，大教堂的钟楼被震毁，但佛朗哥政府出资重建了钟楼。为了表达谢意，乐队接到了演奏西班牙国歌的命令。第一声乐声响起，大主教的双手左右晃动犹如木偶一般，可他的红帽子竟纹丝不动，嘴里还嘀咕着：“错了，停下来，停下来!”

但下面一个西班牙人愤愤不平地嚷嚷着，“两年来，我们辛苦工作，到最后他们却演了这么一出!”不知道他们是出于好意还是恶意，但乐队演奏出来的竟是西班牙共和国国歌①。

下午，被称为“地震之主”的深褐色基督像离开了金碧辉煌的大教堂。这是一段神圣之旅，人们列队抬着他去往每一座重要的教堂，走遍城市的每一个角落。地震之主经过时，游手好闲的人不断地将一束束小花向他丢去。

这些小花生长在附近的山坡上，被当地人称为“努丘”。古铜色的地震之主、银色的祭坛、鲜艳的花朵，所有的都让

① 西班牙共和国国歌：在西班牙内战中，佛朗哥推翻了西班牙共和国。

人觉得自己置身于异教节日之中。然而，印第安人的服饰色彩斑斓，令这种感觉更为强烈。为了这场盛会，印第安人会穿上最漂亮的传统服饰，一种活生生的文化以及生活方式展现在了人们的眼前。

形成鲜明对比的是，走在队伍前头的、身着欧洲服装的一队印第安人。这队人神情憔悴，矫揉造作的姿态不言而喻，看上去和拒绝响应曼科二世的号召、宣誓要依附皮萨科的克丘亚人并无两样。独立民族正是因为他们战败的丑态，而被抹黑。

一个黄头发的北美洲人混在观看游行的印第安人中，虽个子矮小，却引人注目。看上去像一个（可能的确是）来自另一个世界的记者，因为他身穿运动衫，手拿照相机。眼前的世界已经在封闭的印加帝国中逐渐迷失。

胜利者的家乡

多年以来，库斯科城曾是印加帝国奢华一时的首都，这里的很多地方依旧能看到往日的辉煌。虽然现在的库斯科人一直以自己的富庶为傲，但实际上他们的财富并没有增加，仍是曾经的那些而已。曾经的一段时间，因为汇集在库斯科的金矿、银矿，这里的财富增长迅速；但有一点不同，库斯科不是享有“世界的中心”美誉的地方，而是变成了世界的边陲，所有的财富都到了大洋彼岸的另一个都市，成了另一个帝国富人的佣人。

在这块贫瘠的土地上，印第安人不再卖力工作，西班牙征服者不再为了生计而随意掠夺土地，他们更愿意依靠纯粹的贪婪或者英雄事迹来获得眼前的财富。渐渐地，库斯科开始走向没落，遭到排挤，最终沦落到世界边缘，被淹没于群山之间。这时，太平洋沿岸出现了一个新的竞争对手，利马。

那些聪明的中间人对流出秘鲁的财富征收高昂的税，以此不断发展壮大。印加的首都从昔日的繁荣走向今天的衰败，其中并未发生巨大变化，然而，不容怀疑的是一个繁荣的时代已经结束。库斯科的大量遗迹中依然保持了殖民色彩，一直到近些年，拔地而起的一两栋现代建筑才有效地冲击了那些浑然一体的建筑风格。

市中心仍然是屹立不倒的大教堂，它保持了那个时代特有的坚固，看上去不像教堂倒像是一座堡垒。它的室内装饰金碧辉煌，以往的繁荣富庶体现得淋漓尽致。侧墙上悬挂着巨幅画作，即使比不上圣堂其他的财富，却也并没有格格不入，而对我来说，这幅名为《出现在圣克里斯托弗河》是一幅非常好的画作。

这里也遭受了地震的重创：坏掉的画框，刮痕和褶皱布满画作本身。原本金光闪闪的画框掉了下来，两侧安装的通往圣坛的金色大门也掉落了铰链，两两相望，甚是奇怪，似乎在彼此诉说着无情的岁月。金色不比银色的尊贵柔和，更不像银色那样随着时间的迁移越来越有魅力，因此整个大教堂的装扮看上去好似一个化着浓妆的老女人。可是那些印第安人或者梅斯蒂索的工匠用木材做成的唱诗班席位上却透露出了真实的艺术。上面雕刻的图案是圣徒生活的场景，这些松木中被注入了天主教大教堂的精神和安第斯民族的真实而神秘的灵魂。

圣布拉斯方形会堂的讲坛是另一个值得所有游客一看的珍宝。那里最有观赏价值的便是技艺精湛的雕刻，当你走过它的身旁时，一定会被它深深吸引，停下脚步。如同大教堂中唱诗班的席位，它透露出的是两个敌对又互补的种族的和谐。

库斯科整个就是一个大面积的画廊：这里的一切都令人情不自禁地想起过去的岁月，教堂、每一座房子、每一个俯瞰街道的阳台。而且，它们表现出来的优点又各自不同。当我写下这些文字的时候，我已经远离了那座城市，面前的笔记苍白无力、矫揉造作，我实在说不出给我印象最深刻的是哪一个。我们参观过的教堂已经印象模糊，但贝伦教堂钟楼的萧条景象却依然记忆清晰，地震后的教堂钟楼犹如被肢解过的动物残骸，留下的只有断壁残垣。

仔细回忆后才发现，经得起认真回味的艺术品并没几件。

库斯科之所以值得一看，并不是因为它的哪幅画作，而是因为城市整体给人一种看似平静却时而令人不安的感觉，曾经的文明再难重现。

依旧是库斯科

假如地球上没有库斯科的任何荣耀，剩下的只有那座没有任何历史积累的小村落，那里依旧会是值得一看的地方。我们对它的所有印象都被搅拌在一起，犹如混合的鸡尾酒。在库斯科的两周时间里，我们在生活中从未丢掉流浪汉的性格，而且我们的整个旅程中都充斥着这种性格。

虽然埃尔莫萨医生并不是需要有正式介绍信才会帮忙的人，但那封给他的介绍信非常有用。当他知道阿尔维托曾经和美洲最著名的麻风病专家之一费尔南德斯医生一起工作，他就非常愿意帮我们。再加上阿尔维托擅长使用这张王牌，早已能将其运用得娴熟无比。

通过和埃尔莫萨医生的聊天，我们大概了解了在秘鲁的生活情况，也趁此机会搭着他的顺脚车，走遍了印加山谷。他对我们态度和蔼，甚至帮我们买到了去往马丘比丘的火车票。

当地火车的速度缓慢，平均速度大概在每小时十到二十公里，因为这里地形高低起伏不定，车开起来非常费劲。在一个出城的陡峭土坡上，火车车轨经过了特别处理：火车向前开一会儿之后，再滑行后退到另一条铁轨上，然后再沿着后面的铁轨缓慢向上爬。

这个过程需要反复几次后，火车才能爬到坡顶，之后便沿着那条最终会汇进比尔卡诺塔河的河流一路下坡而行。火车上，我们碰到了两个算命兼卖草药的智利骗子。他们对我们非常友善，我们也请对方喝了马黛茶，对方也分了一些食物给我们。

到达目的地后，我们遇见一支足球队，并接受了和他们一起踢球的邀请。在当地，球场被称为“潘帕”，我借着机会在球场上耍了几个高超的护球动作，阿尔维托更是在中场充分发挥了他擅长的球技，之后我们以非常谦虚的态度坦白我们曾参加过布宜诺斯艾利斯超级联赛。

球队老板索托注意到了我们精湛的球技，同时他也是旅馆的经理。受到他的邀请，我们在旅馆住了几天，因为他希望我们在北美人乘坐的专列到达的时候再离开。球队老板索托先生为人友善、博学多才，讨论完体育这个他最感兴趣的话题之后，我们又认真地交流了对印加文化的看法，原来他非常了解印加文化。

我们离开的时候，索托先生请我们喝了最后一杯美味的咖啡，我们难过极了，却不得不登上历时十二个小时才能到达库斯科的火车。

火车上的三等车厢是专门供当地印第安人乘坐的，这种车厢和阿根廷的火车上用来运载牛羊牲畜的车厢相似，但是牛羊粪便的味道远比人类粪便的味道更好些。印第安土著居民会随地大小便，完全不分性别和年龄，他们对卫生和羞耻的认识处于原始状态，如同动物一般。

女人们还会用裙子擦擦身子，但男人们则完全没有擦一擦的想法，完事后便什么也不做地离开。带孩子的印第安女人穿着的裙子差不多变成了装孩子粪便的容器，在孩子大便之后，女人们便用裙子给孩子擦屁股。

当然，那些乘坐在高档火车里的人们，只能在这种火车停下来为他们让路的时候，才有机会在飞速前进中匆匆看一眼那些印第安人，了解一点他们的生活状态。发现这个遗址的是美国考古学家宾厄姆，他使用了大家喜爱的文字来作详细介绍，所以马丘比丘才会闻名全美国。到秘鲁来旅游的北美人，必须去的地方就是马丘比丘。（一般情况下，他们会乘坐飞机直达利马，在库斯科观光游览，参观遗址，之后便直接回国。因为他们觉得除了这些之外，没有其他值得一看的地方了。）

可怜了库斯科考古博物馆，当地方当局开始注意流失到其他地方的各式珍宝时，已经来不及了。这个地方已经被对遗址感兴趣的游客、海外考古学家、淘宝客等等洗劫一空，留给考古博物馆的只剩下那些断壁残垣，一些碎片瓦砾。

即便如此，对我们这些考古知识匮乏、略微了解印加文明的人来说，这些已经够我们欣赏好几天了。博物馆馆长是一位知识渊博、对自己民族怀着满腔热血的梅斯蒂索人。他跟我们介绍了印加曾经的辉煌历史以及现在的衰落情形，并且说到现在的印第安人想复兴就要先兴教育。

他相信，只有先快速提高印第安人的生活水平才能减轻古柯叶以及酗酒带来的麻痹作用。为了让克丘亚族人了解曾经的辉煌并以此为傲，为了让他们的目光不仅仅停留在现在的衰落上，为了让他们以印第安人或者梅斯蒂索人的身份感到耻辱，就要让他们更准确地、更全面地了解克丘亚民族。

当时的联合国正在热烈讨论古柯叶的问题，我们向他讲述了自己尝试古柯叶的事情以及尝试的后果。他讲到他也曾尝试过，并大骂那些以毒害别人来获得不正当利益的人。科利亚族和克丘亚族是秘鲁的两大种族，也只有这两个民族在消费古柯叶。在馆长的眼神中，我们看到了对未来的信念以及激情，他身上流露出的半土著特色，既是一个活生生的博物馆，又是考古博物馆的另一珍宝，并且见证了这个为自己的归属而辛勤奋斗的民族。

万博省

在库斯科我们找了所有能找的人，却依然无处投靠。加德尔建议我们继续北上，但我们不得不停在了阿班凯，因为那里有卡车到万卡拉马去，万卡拉马是位于万博省麻风村前面的一个镇子。以前，在食宿和交通方面，我们都是以喜欢的方式乞求别人，无论是国民卫队和医院还是搭顺脚车都是如此。

但现在我们不得不再等上两天，因为复活节期间所有卡车停运。我们在小村庄里闲逛，没有目的地，也没有发现任何有趣的地方。肚中的饥饿感一直纠缠着我们，而医院确实是个食物短缺的地方。小溪边的田野是我们最舒适的温床，躺在上面看云卷云舒，想象着朵朵云彩化为道道美味食物，回忆着曾经美好的恋情。

我们想先回警察局去休息一下，但穿过一条捷径的时候迷路了。我们穿过农田，越过篱笆，想到前面那所房子的门廊里小憩一下。在皎洁的月光里，我们爬上石墙，看到了一条狗以及它的主人，他们如幽灵一般。

但我们并没有想到夜色中的我们可能更像幽灵，可能比他们更令人害怕。出于礼貌，我们主动说了声“你好”。可我们听到的只是无法理解的哼唧声，唯一一个听懂的单词就是

“维拉科查”[①]，很快，他们逃似的回到屋里去了。对我们礼貌的问候以及道歉完全无视。我们穿过了院子上了一条小路，于是平静地沿着这条正确的道路离开了那里。

有一次实在无聊，我们便跑到教堂去看当地的仪式。牧师正在努力布道，长达三小时的布道实际用了一个半小时就做完了。他环顾四周，眼神中充满恳求，双手拼命地指着教堂各处，嘴里大声嘀咕着：“看啊，快看啊，我们的主正向我们走来，我们的主就在我们中间，他的灵魂将指引我们前进。”

静止了一会儿后，牧师又开始用新的话题布道，在他词穷时又开始重复刚才的疯言疯语。重复五六次后，依然还有耐心讲起他们的主，而我们两个已经崩溃了，逃似的离开了教堂。

我实在想不明白究竟是什么诱发了哮喘（也许某个虔诚的教徒会知道原因）。到达万卡拉马的时候，我摇摇晃晃地站不稳。缺少肾上腺素的我，哮喘更厉害了。身上裹着行军毯的我一直在看窗外飘着细雨，我不停地吸着黑烟，在喷云吐雾中寻求缓解疲劳。黎明来临，靠在大厅柱子上，我已经昏昏沉睡。睡醒后感觉哮喘减轻了，阿尔维托也给我拿来些肾上腺素，又吃了阿司匹林，很快我便恢复了健康。

我们跟地方副长官（和村长差不多）报个到，并请他给了我们几匹马，这样才能去麻风病人隔离区。副长官很友善，并高兴地找到了我们。他承诺五分钟后带着准备好的马匹来警察局。

---

① 维拉科查：印加的创世神，有时候印第安人会称呼白人为“维拉科查”。——作者注

等待的过程中，我们看到很多正在军训的小伙子，那个正在张牙舞爪地发号施令的士兵正是昨天对我们非常友好的人。看到我们，他礼貌地同我们打招呼，之后便继续命令那些小丑们做出各种军训动作。

在秘鲁，真正适龄入伍的青年男子只有总数的五分之一，其余的都需要在每个周日参加军训，这些便是我们刚刚看到的那些被人发号施令的可怜虫。可实际上，这些受训的人以及那个发号施令的人都深受其害，学生的懒散折磨着教官，教官的严厉折磨着学生。教官的西班牙语没法准确传达给学生们，而学生们自然就不明白为什么要这样那样地摆动作，更不知道为什么教官让他们前进的时候却突然又停下来，简直不可思议。看他们的样子，完全一副心不甘情不愿的模样。看到学生这样，那个教官也被气得半死。

我们的马被送到了，友好的教官给我们安排了一个只会说克丘亚语的导游。刚开始，我们走的是崎岖小路，这种路也只有我们骑的马才能顺利通过。走过崎岖难行的路段时，导游会步行拉着我们的马缰绳，带我们前进。大约走了三分之二路程时，我们遇见了一个小男孩和一个老女人。他们拦下我们并说了一大堆话，可惜我听懂的只有一个单词“马”。这个老女人手里提着几个竹篮子，刚开始我们还以为她在向我们兜售她的竹篮。我不停地和她说：“我不买，我不买。”

如果阿尔维托不提醒我对方不是人猿泰山也不是野人家的亲戚而是克丘亚人，我想我可能会一直徒劳无功地和他们纠缠。

最后，对面又来了一个人，巧合的是这人懂西班牙语。经过他的解释，我们才知道原来他们是马的主人。他们骑马走过副总督门前的时候，副总督抢走了他们的马，接着就送给我们。

我这匹马的主人即将入伍服兵役，他不得不步行走了大约二十一英里的路。眼前这位可怜的老女人住在和我们目的地完全相反的方向。接下来，我们做出了所有富有正义感的人都会做的事情，下马并徒步上路，但我们的行李则由导游一人负责。

我们步行到了麻风病人隔离区，作为报酬，我们付给导游一索尔。虽然钱并不多，但导游还是感谢了我们。

接待我们的是医院院长蒙特霍先生，他没办法给我们提供住宿，却承诺会送我们到当地的农场主家里住宿。他履行了他的承诺，而且农场主为我们提供了住所和食物。次日一早，我们就去探望住院的病人。

虽然别人看不出来，但医院管事的工作量确实不小。这里的情况非常糟糕，虽然还不到半个街区，但这里三分之二的地区都被划成了“病患区”。其中被判了死刑的重症患者就有三十一个。他们只能眼睁睁地感受着时间的流逝，静静地等待着死神的光临（至少我觉得是这样）。

虽然环境差并不会给来自大山深处的印第安人带来什么不便，但这里的卫生条件真是不敢恭维。对于来自其他地方的人来说，虽然它们只接受了比印第安人略高的教育，但这里让他们感到压抑。只要想到以后的日子都得住在这种四周被土坯墙环绕的小天地里，其他人讲的是和自己不同的语言，天天还会有护士过来看着，他们的精神已经接近崩溃。

我们进入了一个白人女孩居住的房子，这是一间泥地面、藤条编成的天花板、稻草屋顶的房子。那孩子正在读书，是克洛斯写的《巴西略表兄》。

我们刚聊了一会儿，她便开始一把鼻涕一把泪地跟我们讲述她承受的苦难。她讲道，她过的日子犹如人间炼狱。她来自亚马孙河流域，原本想到库斯科来治病，但那里的医生也无药可施，说要将她送到更先进的地方治病。

虽然库斯科的医院并不是很完美，但还算个舒服的地方。但看到这里的环境，我觉得这个女孩说的“人间炼狱”还是比较恰当的。在这家医院，除了药物治疗还说得过去，其他的条件也就只有那些习惯了吃苦、习惯了听天由命的、来自深山里的印第安人还能忍受。

因为当地人的愚钝，病人和医护人员只能到更偏远的地方去。我们听说，医院的外科主任医师想给病人做个不大不小的手术，没有手术室没有手术设备，便用餐桌代替手术台，没有手术设备也只能放弃。安达维拉斯附近有一家医院，他跟这家医院申请一个能做手术的地方，即使是太平间也无所谓，可医院没有接受他的申请。

大家也只能眼睁睁地看着那个病人不治身亡。据蒙特霍院长说，初建这个麻风病治疗中心的时候，他接受了著名的麻风病专家佩谢医生的建议，在刚建立这个中心的时候就开始创建全新的服务体系。但是，他到达万卡拉马后，竟无处投诉，哪家宾馆都不愿接收他，就连镇上的两个朋友也不想见他。

最后，大雨滂沱中，他只能在一个猪圈里躲避风雨，甚至在猪圈中过了一晚上。刚才提到的那个女孩也是这样，被迫无奈才来到麻风病院。因为那里谁都不想借给她马匹，她的同伴也遇到了同样的事情。而那个时候，麻风病院已建成多时。

医护人员对我们非常热情，后来还带我们去参观了几公里外的新医院。他们询问我们是否愿意去的时候，我们在他们的眼神中看到了骄傲，仿佛在说他们是用汗水和辛劳砌起了那栋建筑物。

我们不忍心说这家医院的任何缺点，然而新医院不可避免地仍旧残留了很多弊端，而这些弊端和旧医院非常相似：缺少外科手术设备，缺少实验室，最最糟糕的是这里蚊子猖獗，在这里待上一天的话，简直是受非人的折磨。没错，新医院能容纳二百五十位病人，还配备了常驻医生，改善了卫生条件，但需要完善的地方还有很多很多。

在医院停留两天后，我的哮喘更加严重。我们不得不离开这个地方，看看是否可以到其他地方寻求更好的治疗。

农场主不仅为我们提供了住宿，我们离开的时候还收到了他送给我们的两匹马。在那个少言寡语的克丘亚语导游的带领下，我们启程返回万卡拉马。农场主坚持要求导游背着我们的行李。因为在当地的富人眼中，仆人就应该徒步并背着所有行李，承受所有的苦难。等我们走过第一个拐弯，消失在所有人视线中后，便让导游把行李给我们。导游脸上浮现出神秘的表情，猜不透他是高兴还是不高兴。

到达万卡拉马之后，我们再次投奔了国民卫队，一直到了次日才找到一辆可以带我们北上的卡车。我们早就决定继续北上。在卡车的颠簸中度过了一整天，终于安全到达安达维拉斯镇，刚下车就迫不及待地奔向了医院。

一路向北

在医院休整两天之后，我的哮喘好多了。于是，我们出院后就直接投奔了我们的好朋友。国民卫队对我们的热情丝毫未减。我们真的没钱了，不敢吃什么东西。在到达利马以前，我们还不想出去工作，因为除了利马，其他地方根本不可能找到像样的工作，也无法存够继续旅行的资金。当时，我们可没想过还能回到那里。

第一天，我们只是舒坦地等待，乐于助人的卫队中尉还请我们吃了一顿饭。我们填饱了肚子，足够撑一段时间再吃饭。可是，第二天和第三天，我们一直在和饥饿以及无聊为伴。出发前或者继续前进的时候，卡车司机都必须到检查站去接受证件检查，所以我们不能离检查站太远。

到达安达维拉斯的第五天，即我们在检查站的第三天，天快黑的时候，终于来了一辆去往阿亚库乔的卡车。这辆卡车出现得太及时了，不久之前，几个国民卫队队员羞辱一个印第安妇女，她正要给坐牢的丈夫送饭。虽然这些人根本不把印第安人当人看，觉得他们就应该过着受欺负的日子，但阿尔维托看不过去并做出了过激的反应。这让那些人难以理解，也因此他们一改以往对我们的热情态度。

天黑的时候，我们乘着卡车离开了这个地方，迫不及待地要远离这个监狱一般的村庄。位于安达维拉斯北面出口的地方是一片山脉，卡车必须越过最高处才能走出安达维拉斯，而当时的天气已经非常冷了。越过山顶的时候，暴风雨异常猛烈，我们浑身已被浇透，却找不到任何防雨用具。这辆开往利马的卡车里，除了司机的助手——一个印第安小男孩，还有十头小牛。到了一个叫钦切罗斯的镇子，我们停下来留宿一夜。

天气太冷了，我们甚至忘掉了自己是身无分文的流浪汉。我们用了简单的晚餐，并订了一张床，我们两人合住。不用说，我们可怜的请求赢得了店家的同情和泪水，被感动到的店主食宿一共只收了我们五索尔。天亮后，我们继续上路，用了一整天的时间才穿过峡谷到达潘帕斯大草原，我们穿过的峡谷可是秘鲁境内海拔最高的高原。

秘鲁境内几乎没有平原，除了亚马孙河流域的森林地带，几乎都是崎岖的地形。随着旅程的推进，我们的旅程更加艰难起来，原本小牛站立的地方铺了一层锯末，但锯末一点点地掉落在走过的路上，而牛并没有离开之前站立的地方。卡车颠簸前进，牛们已经累得站不住了。我们必须让它们站起来，否则它们被其他牲口踩在脚下会必死无疑。

有一次，阿尔维托看到其中一头牛的眼睛被另一头牛的犄角撞伤了，便善良地提醒印第安小男孩。但他只是出人意料地耸耸肩，轻松地说道："不管它，满眼狗屎，看不到也没事。"说完便默默地在缰绳上打着结。即便是阿尔维托提醒他之前，他也一直都在打结。

终于抵达了阿亚库乔。因为在这个小镇周围的平原上曾发生一场决定性战役，赢得战争胜利的正是玻利瓦尔，所以在拉丁美洲的历史上，阿亚库乔非常有名。秘鲁山区的街道照明非常差劲，阿亚库乔更是差到让人无奈。整个晚上都只有闪烁着微弱橘红色灯光的电灯在发挥余热。

在这里我们碰到了一位绅士邀请我们去他家住宿，因为他以结交外国朋友为乐。第二天，他还帮我们找到一辆继续向北去的卡车。于是，我们只参观了一两座教堂，而整个小镇市区的教堂多达三十三座。告别了新朋友，我们踏上了继续北上、前往利马的征程。

走过秘鲁中心

我们的旅行依然和之前一样，只要碰到有慷慨的人同情我们的艰辛，偶尔也能混上饭吃。一直以来都是饥一顿饱一顿，当有人告诉我们前面因为山体滑坡已经封路的时候，我们感到了更加强烈的饥饿感。迫不得已，我们只能夜宿在一个名为安科的村里。

次日一早，我们便乘着卡车继续前进。刚走没多久，便到了山体滑坡的路段，于是我们不得不带着我们的饥饿和好奇在那里等了一整天，看着那些往横在路中间的大石头上绑炸药的工人们劳作。不少于五个的监督人员唠叨地盯着一个工人干活，颐指气使的样子完全是在为炸石头工作添堵。无论怎么看，这些做监工的人都不合格。

妄想着减轻饥饿感，我们跳进湍急的河流中游泳，但这条穿过溪谷的河流实在太冷了，很快我们便上了岸。记得前面已经说过我们两个都怕冷。最后，我们只能又讲了一遍我们惯用的那个凄惨的故事，终于从一些人手中得到一些玉米、一颗牛心还有一些内脏。

我们从一个妇女那里借来了锅，便开始制作我们的晚餐。但是刚煮得半生不熟，路就开通了，堵塞的道路慢慢疏通，车队缓慢前进。锅被要了回去，我们只能吃未完工的玉米，带着生肉继续上路。

糟糕的是，天黑透了，暴风雨肆虐，整条道路都变成了一条泥河，非常危险。一次只允许一辆卡车通过，所以先通过的是距离滑坡较远的车，我们这边的车稍后再通过。虽然我们的卡车位于队伍的前面，但第一辆卡车因为发动时牵引机用力过猛，分速器坏掉了，正好停在了炸开的路口，我们又一次被困住了。

最后，对面来的一辆吉普车用它带着的托辊将停在路口的卡车拖到了路边，这样一来，其他的车辆才开始开过去。我们整夜都在赶路，和以前一样，我们穿过挡住视线的峡谷，到达了潘帕斯草原，这里体现出秘鲁的冰冷。这里冰冷而狂暴的雨点打在身上非常痛。

一直坐着没动的我和阿尔维托非常冷，牙齿都在打战，为了不至于腿被冻得抽筋，我们来回伸着腿。饥饿犹如一只狂暴的动物，在整个身体里乱撞，从来不能静静地待在身体的某个地方，这使得我们紧张而狂躁。

黎明到来时，我们抵达万卡略，告别了卡车后，一直走了十五个街区我们才找到我们的目的地：国民卫队站。我们泡了马黛茶，拿出刚买的面包，正要取出美味的牛心和内脏准备煮一下，可火还没烧旺起来，就来了一辆开往奥克萨潘帕的卡车，可以载我们一起走。

我们想着我们一个阿根廷朋友的母亲住在那个地方，对那里兴趣正浓。我们幻想着能在她那里吃几天饱饭，也许还能得到几块钱。强烈的饥饿感驱使着我们，我们还没来得及看万卡略几眼就匆忙离开了。

前面的路很好走，穿过几个城镇之后，已经到了傍晚六点，路越来越狭窄，一次只能通过一辆卡车，时而还会出现一个陡峭的下坡。平常的时候，狭窄的路上一般只允许一个方向的车通过，但今天却出现了不同的情况，不知道为什么，那些卡车司机吵吵嚷嚷地商量着怎么通过，每个人都抓紧方向盘，车后轮擦着陡峭的山坡边缘挪动，这绝对是让人揪心的场面。

我和阿尔维托已经做好了随时跳车的准备，蹲在卡车的角落里全神贯注地感受车的变化，然而，同车的印第安人却没有丝毫担忧。但我们有我们恐惧的原因，很多不幸的司机在走这条路线时，都在这个多山的临海地区出过事故。那些满载着活人的卡车会一直翻到二百米深的山涧之中，翻到湍急的河流之中，没有留下半点生机。按当地人的说法，这种车祸中，不会有一人幸存。

非常幸运，我们安全地通过了这个路段，没发生任何不开心的事。晚上十点钟，我们到达了名叫拉美尔塞德的村庄。这里地处热带地区，地势低洼、丛林村落景观非常明显。一位好心人为我们提供了一张床。后来过来看我们是否住得习惯时，又请我们吃了顿大餐。但他来的时候，我们没能及时藏起橘子皮，因为橘子是我们偷偷地从树上摘的，以作充饥之用。

非常遗憾，这里的国民卫队站的人告诉我们，路过这里的卡车不需要登记，因此想搭顺脚车可没那么容易。但是在这里我们亲眼见证了一起谋杀案的举报场景，举报人号称是死者好友的、口若悬河的黑白混血儿以及死者的儿子。

据他们所说，几天前，死者被秘密暗杀，他们带来了一个印第安人的照片，并说这就是最主要的嫌疑犯。

中士向我们展示了嫌疑犯的照片，并且对我们说道：“医生朋友，你们看，典型的杀人犯就长他这样！”我们附和地点头表示同意，但离开国民卫队之后，我忍不住问阿尔维托觉得真正的杀人犯是谁。原来他和我一样，都认为那个口若悬河的混血儿才更像真正的凶手。

等车的过程很漫长，但我们交了一位新朋友。这位朋友说可以不用我们花一分钱就帮我们搞定搭车的事情。他果然兑现了诺言，只跟那位卡车司机说了几句话，司机便同意让我们搭车。

可是，最后证明司机依然要收我们十五索尔，如果不是那位朋友他会收我们二十索尔。我们乞求司机，讲述着我们的悲惨故事，告诉他我们身上仅有几分钱。最后，他终于同意我们先欠着，最后还带我们去他家里住了一夜。

道路虽然狭窄，但路况比之前好了很多，并且景色优美。路边都是木瓜园、热带香蕉园、森林以及其他水果园。经过了无数个上坡下坡的过程，我们终于抵达奥克萨潘帕。这一公路的尽头正是我们此行的目的地，海拔在一千米左右。

直到抵达目的地，之前那个报案的黑白混血儿一直和我们在同一辆车里。中途休息时，这个混血儿给我们买了些面包，并告诉我们，他的祖父曾经是黑奴，并讲述了木瓜、咖啡和黑奴的故事。他说得很真诚，但他的声音中依然流露出丝丝耻辱感。无论如何，阿尔维托和我都决定解除对他杀了朋友的嫌疑。

不复存在的希望

第二天一早，我们发现那个阿根廷朋友给了我们错误的消息，他的母亲很早以前就离开了奥克萨潘帕，但他的姐夫仍然住在这里。于是，他的姐夫很不情愿地接纳了我们两个大麻烦。即便我们不受欢迎，但仍然受到了隆重的款待，吃到了梦寐以求的大餐，可是很快我们就明白了秘鲁人的待客之道正是如此。想到自己已经饿了几天而且身无分文，我们便不管不顾了，只要主人没下逐客令，我们就得在这位不乐意接待我们的朋友家中好好吃几天。

这是充实而快乐的一天，我们在河里游泳，一天的忧虑便随水流去；我们吃饱了美食，而且品尝了美味无比的咖啡。但是天下无不散之宴席，次日傍晚，眼前的美好生活即将结束。因为这里的主人，是位工程师，他给自己找到了台阶，同时也给了我们一个好消息。他的方法即便宜又效果十足，一位道路巡查员答应把我们带到利马去。对我们来说，这确实是个好消息，我们对利马的兴趣由来已久，总想去秘鲁的首都找找好运气。因此，我们毫不犹豫地答应下来。

那天夜里，我们睡在了他们那辆敞篷小卡车的后车厢。之后下了一场倾盆大雨，我们浑身都被淋透了。凌晨两点，我们被司机丢在了离利马还有一半多路程的圣拉蒙。司机说去换车，让我们原地等一下，为了取得我们的信任，司机的同伴甚至留了下来。但十分钟后，这位同伴跑去买烟便再也没有出现。直到凌晨五点，我们两个自作聪明的家伙吃着早餐的时候，才真正地意识到他们真的抛下了我们，而且一路上都在耍我们。

我希望这个可恶的司机会遭到报应。如果他说的是真的，等哪天他真转行成了斗牛士，我祈祷他被牛角活活插死。当时我心底已经感到了不对劲，却被他好人一样的外表欺骗了，我相信了他说的每一句话，包括他说的换车这种低劣谎言。

天蒙蒙亮的时候，我们遇见几个醉鬼，于是便拿出了我们看家的本事。详情如下：

一、提高说话音量，说话中带些“切”字眼或者俚语等等，总之就是让人一听就知道你来自阿根廷。这样听到的人才会上钩，而且马上就会问我们是哪里人，于是宣告搭讪成功。

二、聊点旅途艰辛，但不用说太多，说的时候要用眼睛盯着远处。

三、我会突然停下来说一句今天几号了，马上就有人回答我，这时阿尔维托便叹气道：“太巧了，正好是一年前的今天。”被搭讪成功的人马上会问一年前的今天发生了什么，我们就会回答我们的旅行正是从一年前的今天开始的。

四、阿尔维托的胆量远远超过了我，伴随着他常常叹息，我们便听他开口说道：“太遗憾了，现在我们处境艰难，甚至没法庆祝这个日子。”他的声音很低，低得仿佛在跟我们说什么秘密。被搭讪成功的人马上就会帮我们付钱，我们也会假意推辞，说些我们可能无法还钱什么的，但最后我们依然会接受对方发出的邀请。

五、第一杯酒下肚之后，我非常坚决地拒绝下一杯，而阿尔维托则做了个鬼脸。邀请我们的人看上去有点生气，一定要让我们继续喝。我却一直拒绝，不给出任何理由。在对方的追问下，我才不得不一脸尴尬地说，我们阿根廷的习惯是喝酒的同时必须吃东西，而且吃多少还得根据主人的脸色决定。简而言之，这个方法每次必定成功。

我们在圣拉蒙再次使用了这一方法，不出所料，我们获得了很多吃的喝的。早上，我们来到了风景优美的河岸边，可我们并没有心情去欣赏眼前的美景，而是把眼前的一切都想象成美味佳肴。篱笆中好像正有一个个熟透的橘子向我们招手。这些美味佳肴异常残忍，前一分钟刚刚填饱的肚子，下一分钟又开始带着强烈的饥饿感咕咕叫了。听起来这还真是个悲伤的故事。

因为饿得受不了，我们决定抛下挥之不去的小小自尊，到当地的医院去寻找温饱。但阿尔维托却胆小起来，所以我必须找个合适的“外交手法”。在医院里，我们逮到一个医生，我装模作样地说道：

“医生，我们从阿根廷来，我是一个医科学生，他是我的同伴，是生化技师。我们现在实在饿得受不了了，能给我们些吃的吗?”听到这样直白的要求，可怜的医生被吓到了，不知所措，但他还是同意到食堂买一顿饭给我们。我们脸皮实在太厚了。

阿尔维托羞愧难当，连谢谢都忘了说。吃完饭后，我们一边钓鱼一边等着合适的车辆出现，最后车终于出现了。这次，我们可以舒舒服服地坐到司机的驾驶室里。好心的司机还偶尔会给我们买咖啡喝。

车走过的山路非常狭窄，一路上我们都觉得害怕。但司机却在兴奋地讲着发生在交叉路口的事情，突然，车掉进了一个位于路中央的大坑里，那明明是个傻瓜都能看到的坑。我们觉得司机大概开车不熟，如此一来我们更害怕了。但逻辑思维告诉我们，他一定是位经验丰富的司机，否则在这样的路上车早就被开到路边了。

靠着我们的耐心和聪明才智，阿尔维托套出了司机的大实话。司机说，因为曾经遇到的一起车祸，他的视力受损，这才会开到那么多的坑里。我们想拐弯抹角地告诉他，这么做对他以及他的乘客太危险了。可司机一点也不想承认，只是说他的工作就是这样，他的老板给的待遇很好，而且只要求他到达目的地即可，至于是怎么到的，老板并不关心。而且，他的驾照非常昂贵，他送出去很多钱才拿到现在的驾照。

一段路程之后，车主也上了车。车主好像非常愿意把我们捎到利马，但经过警方检查站时，我们必须藏起来，因为货车不能载人。路上，车主给了我们很多吃的，真是个大好人。车子经过矿城拉奥罗亚的时候，我们非常想下车走走看看，但我们不能要求车子停下来。拉奥罗亚位于海拔四千米左右的高山上，看到它崎岖的地形，就能想象出来这里的矿工生活多么艰苦。

浓浓的黑烟从一排排高耸的烟囱中冒了出来，为周围的一切都蒙上厚厚的煤灰，一切都显示出了古老而忧郁的气质。矿工们一上街，煤灰便扑面而来，整个人都蒙上一层煤灰，融合在周遭单调的灰色调里，同山中灰色的天空倒是非常和谐。

天尚亮的时候，我们越过了海拔四千八百五十三米的地方，这是路的最高点。天虽然没黑，却非常冷。我使劲裹着行军毯，注视着车窗外飘动的景色。低声念叨的诗句已经淹没在了卡车的嘈杂声里。

当天晚上，我们住在了市外。第二天一早便抵达利马。

总督城

到现在，我们旅程中最关键的阶段已经接近尾声。尽管我们身无分文，在短期内也赚不到钱，但我们感到非常高兴。

利马这座城市非常漂亮，新房子鳞次栉比，已经掩盖了往昔的殖民烙印，对比库斯科，这种掩盖更加彻底。称利马是城市之“瑰宝”，虽有些言过其实，但是，这里即便是利马的郊区住宅区也有宽敞的道路直通，气候宜人、景色优美的海边度假区。沿着宽敞的道路，利马人从市中心开车到卡亚俄港只需要几分钟。但这个港口并没有什么特别吸引人的地方，只有那座曾经发生过很多战役的堡垒而已，况且所有的港口都建有标准化的建筑。我们站在高大的城墙边，不禁为科克伦伯爵①的伟大功绩发出赞叹。当年，带领拉丁美洲船员攻克这个堡垒、写下拉丁美洲解放战争史那辉煌一页的就是他。

在利马，值得一提的是以大教堂为中心的市区。这里的一切和庞大的库斯科有着天壤之别，库斯科的征服者一直会毫无保留地炫耀自己。但利马的艺术就显得特色十足，散发出一种优雅而轻柔的气质：大教堂的塔楼很高，却非常优雅，这可能是西班牙殖民地中造型最为纤细的大教堂。在这里，

---

① 科克伦伯爵（1775—1860）：英国海军上将，曾接受智利邀请，统率其舰队进行反对西班牙的独立战争，对智力和秘鲁的独立做出了重大贡献。后在巴西反对葡萄牙的战争中转入巴西军队服役。

金子代替了库斯科奢华的木制品。教堂的中殿宽敞通透，光线充足，和印加古城中黑乎乎阴森森的洞窟截然不同。教堂里的油画色彩鲜亮、气氛喜庆，这些画作的风格，应该比与世隔绝的梅斯蒂索派更晚。

之所以这样推断，是因为梅斯蒂索派的圣人们总是面露凶光、脸色阴沉。教堂的外观和圣坛传达出一种丘里格拉式的金色装饰艺术①。也因为贵族们掌握了巨额财富，才得以拥有直到最后一刻还在对抗美洲解放军的能力。利马是秘鲁没有摆脱封建殖民枷锁的典型之一，等待着它的会是一场真正的、血腥的战争洗礼。

在这座雄伟的城市中，有一个我们最喜爱的地方，就是考古人类学博物馆，我们两个经常到那里回忆在马丘比丘的日子。博物馆的创建者是一位正统的印第安学者，名为胡里奥·特略。博物馆收藏了非常珍贵的艺术品，是利马文化整体样貌的体现。

利马完全不同于科尔多瓦，可二者都具有外省城市或者殖民地风格。我们去领事馆拿回了寄给我们的信，看完信后，不知道该怎么处理那封介绍信，因为需要交给外事办的官员，但大概没有哪个官员想认识我们。我们挨个走访了警察局，直到在一个警察局我们拿到了一盘米饭。

当天下午，我们去拜访了麻风病专家乌戈·佩谢医生。虽然他是一家非常有名的医疗机构的负责人，但意想不到的是我们仍然受到了热情的款待。他安排我们住在麻风病医院里，当晚还向我们发出了回他家里用餐的邀请。他非常健谈，

---

① 丘里格拉式：西班牙巴洛克建筑，以精致的表面装饰为特色。——作者注

那天晚上我们一直聊到很晚。

早上我们很晚才起床用早餐，显然，没有人吩咐过要给我们留饭，因此我们决定到卡亚俄港口去。正值五一节，公交车全部暂停，我们只好慢慢地步行了十四公里的路。卡亚俄港口并没什么值得一看的地方，甚至都没有一艘阿根廷船只。这次我们跑到警察局去讨了些食物，便匆忙赶回利马，我们的脸皮真是越来越厚了。我们在佩谢医生家用了晚餐，还听他讲述了很多麻风病病例。

早上我们参观了考古人类学博物馆，那里的展品非常精彩，但因为时间的关系，我们没办法一一细看。那天下午，莫丽纳医生带着我们细致地参观了麻风病医院。他也是一位非常不错的麻风病专家，而且是一位很厉害的胸外科医生。和前两天一样，我们再次在佩谢医生家用了晚餐。

周六早上，我们一直在市中心，忙乎了一阵子，终于兑换到了五十瑞士克朗。下午，我们去了实验室，这里没什么特别出色的地方，却有几处需要改进的地方，虽然档案记录处理得很好，编排得很清楚、很全面、很细致，我们非常佩服。晚上，我们依然去佩谢医生家里用晚餐。和之前一样，佩谢医生的讲话仍然趣味无穷。

对我们来说，星期天是很重要的日子。那天是我们有生以来第一次看了斗牛，虽然这场斗牛赛只是实习斗牛士和三周岁公牛的搏斗，而且整个比赛都不太正式，但我们仍然感到非常激动。当天早上我去了图书馆看特略的书，但因为过于激动，我什么都看不下去。我们赶到赛场的时候，斗牛赛已经开始了。

刚进去就看到实习斗牛士正在用匕首切断牛的脊索，这种杀牛的方法还真是不正常。最后，当牛发出痛苦的呻吟声并瘫倒在地的时候，斗牛士便一刀结束了牛的生命，场下爆发出一阵欢呼。

当斗牛士被第三头牛顶起来抛向空中时，场下再次爆发欢呼，但我觉得仅此而已。当斗牛士娴熟地杀死第六头牛的时候，比赛结束了。整个比赛中我只看到一些勇气、不多的技巧以及一点点激动，但是并没看到什么艺术。简而言之，这完全要看星期天是否有事可做。

周一早上，我们再次参观了博物馆。晚上在佩谢医生家里，我们遇见了一位精神病学教授巴伦萨医生。他也是一位非常健谈的人，跟我们谈了很多战争逸闻：

前天，我想看坎廷佛拉斯的电影，就去了当地的影院。每个看电影的人都笑了，可我压根就没看明白。这根本不奇怪，因为那些人也没看明白。可他们怎么会笑呢？实际上，他们笑的是他们自己，每个人都在笑他们自己。我们的国家很年轻，是刚刚被发现的国家，不具备什么传统文化。

因此，他们嘲笑的就是我们这个处于婴儿期的未老先衰的国家。可是现在，尽管高楼林立，车和财富一样都不缺，可这样一来北美洲就长大了吗？它真的告别了曾经的年幼吗？不，它改变的只是形式而已，本质上却没有任何改变。在这一点上，南北美洲都一样，犹如一对亲生姐妹。看着大坎廷佛拉斯，我终于懂了什么是“泛美主义。”

周二我们依旧去了博物馆。下午三点我们见到佩谢医生，他给我一件白色夹克，给了阿尔维托一套白色西装。穿上这个，所有人都说我们终于有个人样了。接下来的时间里，我们没做任何重要的事情。

几天之后，虽然我们已经做好了离开的准备，但还没确定什么时候走。尽管我们两天前就想离开，但我们的顺脚车还无法离开这里。这里的一切都非常顺利，我们在参观博物馆和浏览图书馆的过程中，学到了很多知识，但真正发挥作用的就只有特略博士建的考古人类学博物馆。关于麻风病，从学术的角度出发，我们遇到的佩谢医生教给我们很多东西，但遇到的其他人基本都是他的门徒，距离研究出有价值的成果还有很长一段路要走。

秘鲁没有生化技师，所以身为生化技师的阿尔维托建议他们联系一下布宜诺斯艾利斯的人。因为其中有两个人和他关系好，但另外一个就……阿尔维托说的是格拉纳多医生，也是麻风病专家，而他们以为阿尔维托是内科医生。

当阿尔维托问对方的时候，对方却说："不，我们这里可没什么生化技师。我们不可能让药剂师来做他们不了解的事情，这就跟医生开药店是法律禁止的一样。"看到阿尔维托快发飙了，我赶紧推了他一把，这才阻止了一场暴风雨。

在利马，我印象最深的事情之一就是医院病人对我们的简朴的告别方式。他们你一点我一点地凑出了一百零半个索尔，并且把钱和那封感情真挚的信一起交给了我们。

后来，有的人还亲自过来和我们告别，因为和他们在一起的这段时光而泪流满面。我们接受了他们的礼物，并和他们一一握手，大家坐在一起听足球赛实况广播。一路上我们遇到的麻风病人都表现出了真情实感，这也成了我们自愿献身麻风病事业的动因之一。

作为一个城市，利马并没有继续继承它作为总督城的传统，可这里的郊区、住宅区以及新建街道都非常宽敞漂亮。但在哥伦比亚大使馆附近的街区内在做着保卫工作的制服警察和便衣警察不少于五十个，这一点真是有趣。

离开利马后的第一天非常顺利，在前往拉奥罗亚的路上，我们一直欣赏着窗外的风景。整个晚上都在赶路，黎明的时候，我们抵达赛罗-德帕斯克。和我们一起赶路的还有贝赛拉兄弟，我们叫他们坎巴。他们很友善，特别是兄弟中的大哥。我们一直在赶路，路过的地方中蒂克利奥海拔高达四千八百五十三米，是我们经过的最高点。走过那里之后，我再没感到任何不适。当我们顺着下坡路抵达气候宜人的地方后，我的症状才有些好转。当我们从瓦努科穿行而过到达廷哥玛利亚时，车的前左轴断了。幸运的是车没翻，因为车轮卡进了挡泥板里了。当天晚上，我们只能就地过夜了。原本我要注射一针肾上腺素的，但注射器坏了，运气实在差劲。

第二天一切都在平淡中度过，但我的哮喘仍不见好转。可是，阿尔维托声音忧郁地说今天是五月二十日，我们已经整整离开六个月了，我们的运气开始慢慢好起来了。其实，这只不过是我们想喝皮斯科酒的一个借口而已。喝到第三瓶的时候，阿尔维托便摇晃着站起来，甩开了一直窝在他怀里的小猴子，自己跑开了。坎巴弟弟又喝了半瓶，烂醉如泥倒地不起。

第二天早上，趁女主人没醒我们便赶紧离开，因为我们还没付酒钱。因为刚修了轮轴，所以坎巴兄弟也没什么钱了。接下来的一整天，依然是赶路，一直走到一个路障处才停下来。这是军方设置的路障，目的是阻止人们在雨天行车。

休息一夜之后，我们再次上路，但没走多远又碰到一处路障。直到晚上，我们才允许我们通过，之后我们又被困在名为内斯奎利亚的小镇上，当天便没有继续前行。

到了第二天，道路依然没通。没办法，我们只好再次跑到军营去讨食物。当天下午，我们便带着一位伤员继续赶路，因为那个伤员能帮我们顺利通过每一个路障。这个伤员确实做到了：几公里后，就看到了很多卡车被拦住了，但我们的车却顺利通过。

天黑之后，我们赶到了普卡尔帕。坎巴弟弟请我们吃了饭，我们还喝了四瓶酒来道别，酒精勾起了他悲伤的情绪，他发誓会永远爱我们。后来，他还帮我们订了住宿的旅馆房间。

现在，我们的主要任务是去伊基托斯，为了达到这个目的，我们想尽了办法。我们最先想到的是市长科恩。他的大名闻名遐迩，但听说他是个一毛不拔的铁公鸡，像犹太人，但人很不错。他很抠门，这一点不用怀疑，但是否是好人就无从知晓了。他把我们推给了船运代理人，代理人又把我们推给了船长。不过船长态度友好，答应让我们用三等舱的钱去坐头等舱。对于他的条件，我们并不满意，于是去找营地指挥官，但他给我们的回答却是无能为力。我们只能去找副指挥官，他质问了我们一番之后（可见他有多愚蠢），还是同意帮我们。

当天下午，我们到卡亚利河去游泳，这是一条看上去很像巴拉那河的河流。在那里，我们碰到副指挥官，他说我们赚大了，船长给了他一个大大的人情，允许坐头等舱但只收三等舱的费用。这个人情可真是“太大”了。

我们游泳的这条河里，有一种非常罕见的鱼，被当地人称为“布费奥”。传说中，这些鱼吃男人，强奸女人，罪行累累。但非常明显，那是一种江豚。它们的特征非常奇怪，其中一个特征就是生殖器很像女性。

因此，印第安男人会用这种鱼自慰，但完事后必须杀掉它，因为江豚受到刺激后，生殖器会收缩，稍不注意男人的命根子可能就拔不出来了。当天晚上，我们又要去做难以完成的事情，去医院找人讨间房间过夜。果不其然，他们对我们态度冷淡，要不是我们沉着冷静，他们大概会把我们赶出去。最后，我们还是得到了两张床，终于可以歇歇快散架的骨头了。

沿着乌卡亚利河下行

背着背包的我们看上去很像探险家。我们刚登上拉塞内帕号小船，船就开了。如之前谈好的那样，我们坐进了头等舱。没多长时间，我们就认识了里面所有的特权旅客。几声鸣笛之后，船离开了港口。我们开始了前往圣巴勃罗的第二段旅程。当我们的视线中只留下大片大片的原始森林、再无普卡尔帕房子的踪影时，船上的人们开始离开栏杆到赌桌聚集。

我们小心谨慎地走过去看别人赌钱，可阿尔维托突然来了兴致，想去赌一把。他参加到一个和我们的纸牌游戏“七点半”相似的“二十一点”的纸牌游戏中，并且大赢九十索尔。这次赢钱招来了大家的厌恶，因为他只用了一个索尔做赌注。

在船上的第一天，我们没太多机会和其他乘客交流，我们两个有些不好意思，便没有参加到其他人的客套寒暄中。船上提供的食物不仅量小，且难吃。河水很浅，夜里无法开船。但晚上也没有蚊子，即便那些人说这很正常，但我们持怀疑态度，这是因为我们看惯了那些解决难题时无限夸张的人。

第二天早上，船就出发了，但一整天就只认识了一个女孩子，其他什么也没干。女孩看上去非常随便，尽管一说到钱我们都会勉强挤出几滴眼泪，但她大概还是把我们当成了有钱人。傍晚时分，船靠在岸边的时候，一大群蚊子嗡嗡地扑面而来，整个晚上成群结队的蚊子都在骚扰我们。

阿尔维托用蚊帐把脸盖住，把身子缩在睡袋中才得以睡了一会儿。我感觉哮喘快要发作了，还有蚊子的不断骚扰，我一整个晚上都没有合眼，直到天快亮的时候才睡着。当晚的具体情况我已经记不清了，但有一点我记得非常清楚，在蚊子的狂轰滥炸之下，我的屁股肿得变了形。

第二天一整天，我都昏昏欲睡，不是在这个角落里打盹，就是在那个角落里打盹，甚至想躺到借来的吊床上睡一会儿。我的哮喘依旧没有好转的样子，所以我想用购买哮喘药这一最终办法。吃完药，病痛终于有了缓解。我们眺望窗外，思绪穿过河流进入森林，诱人的翠绿色散发出神秘的色彩，如梦如幻。哮喘和蚊子都让我感到压抑，可我的精神已经驰骋在原始森林之中，身上的病痛以及大自然新生的力量令我更加充满活力。

船上的几天非常无聊，除了赌博再也找不到其他的娱乐方式，经济拮据的我们，根本无法随心所欲地玩。百无聊赖的两天过去了。整个行程计划走四天，但河水太浅，所以到了晚上就不得不停下来休息。行进速度受到了影响，而且我们也变成了蚊子的美味粮食。

尽管相对来说头等舱的食物还不错，蚊子也比较少，但这样的“便宜”中我们究竟赚到了什么。相比这些数量少的中产阶级，我更欣赏那些纯朴的船员。那些沉迷于回忆中的中产阶级，无论是不是真有钱，都觉得跟我们这种经济拮据的流浪汉坐在一起简直难以忍受。他们真是蠢到极点，那些人生中的小胜利就令他们头脑发昏，他们的观点无聊至极，他们自恃清高且傲慢不已。

尽管我天天严格管理我的饮食，可哮喘依旧更加严重了。

之前认识的那个女孩非常同情我的病体，她不经心的一个抚摸令我旅行前的记忆再次浮出脑海，而这个记忆已在我的心底埋藏了很久很久。

当天晚上，因为蚊子的骚扰，我一直睡不着，并且想起了齐齐娜。这是一个令人沉醉却又遥不可及的梦，即便梦的结局留下的是甜蜜而不是痛苦，但这种纯粹的陈年往事本身便不寻常。我送给她一个轻缓的、甜蜜而温柔的吻，我的身份是一个了解她懂她的老朋友。接着，我的回忆又来到了马拉格纽，这个大厅夜夜灯火通明、歌舞升平，当时的她大概正和她的追求者说着奇怪的悄悄话吧。

我抬起头看了看浩渺的夜空，天上的星星快乐地眨着眼睛，貌似正在回答我心底的提问："真的值得吗?"答案是肯定的。

接下来的两天一切如旧，没什么不同。乌卡亚利河以及马拉尼翁河汇合后形成了地球上最强大的河流，但这条河并没什么特别的地方，无非就是两条泥河变成一条，更宽了，也更深了。我的肾上腺素已经用光了，哮喘越来越严重，我只能喝点马黛茶，吃一点点米饭。到达目的地的前一天，我们遇到了暴风雨，所以船只必须停下来。

庞大的蚊子大军扑面而来，比任何时候都更加凶残，貌似想在我们离去之前做最后的攻击，好似再也没有机会享受这些美味了。那个夜晚非常漫长，到处都爆发出愤怒的吼叫声、狂乱的鼓掌声、如毒品一样永不停歇的各种纸牌游戏以及为了消磨时间或者保持交流而进行的闲谈声。

早上，所有人都正在为下船而忙碌着，于是我便躺到了那张空着的吊床上。我好像着了魔一般，内心深处好像有慢慢散开的漩涡，将我推向深渊或者巅峰，到底是下地还是上天，我自己也无从知晓……

阿尔维托使劲晃醒我说道：“伙计，我们到啦!”河流更宽了，一个地势较低的城镇出现在了我们面前，那里有一些高大的建筑物，房屋周围是丛林，地上的泥土映衬得四周红彤彤的。

星期天，我们抵达了伊基托斯。船很早就靠岸了，我们便直接去国际合作服务中心找那里的主管。我们带了一封介绍信给查韦斯·帕斯托医生，可当时他正好不在伊基托斯。那里的人对我们很友好，不仅把我们安排在黄热病病房里，还安排我们在医院用餐。我的哮喘依旧没有好转，一天之内注射了四针肾上腺素，但痛苦的气喘依然没有停止。

第二天，因为我的哮喘依然没有治愈，所以在床上躺了一整天，更准确地说就是“靠着肾上腺素维持活力”。

第三天，我决定必须严格控制自己的饮食，即使晚餐也要注意一下，我放弃了米饭，这样才感觉稍好一些。晚上我们去欣赏了罗塞里尼导演、英格丽·褒曼主演的《火山边缘之恋》，电影拍得不怎么样。

对我们来说，周三非常重要，这是因为我们被通知第二天即可离开。因为哮喘，我躺在床上一天都没动，但这个消息真的令我们非常开心。

接下来的一天，我们早早地做好了离开的准备，可一天过去了，我们仍然没有动身，之后便接到要次日下午才能离开的通知。

我们相信，以船主的惰性，他开船大概会很晚，根本不可能提前，于是我们沉沉地睡了一大觉。散步回来后，我们去了图书馆。刚到不久，助理便匆匆忙忙地跑过来说我们的船将在一点半开船。而我们得到通知的时间已经是十一点零五分。

我们快速地收拾好，由于我的哮喘还没好，我们只好打了出租车，走了八个街区竟然花费了半个秘鲁金币。可是匆忙赶到船上才发现，船要到三点才开，只是要求我们一点上船而已。我们不敢违背命令，便没有回医院去吃饭，不管怎样，我们也不方便回去了。

只有这样才能顺便“忘掉”从医院借的那个注射器。我们的午餐是和一个亚瓜族的印第安人一起吃的，很贵但很难吃。那个印第安人身上的红色草裙看上去很奇怪，脖子上还带着几条红草项链。这个几乎不会说西班牙语的印第安人名叫本哈明。他的左肩膀上留下了一个枪疤，据他说，这个近距离枪击造成的伤疤是因为报仇而留下的。

当天晚上的蚊子非常疯狂，我们肥嫩的血肉之躯成了它们的美食。当我们被告知我们可以从玛瑙斯渡河到委内瑞拉，对我们来说，这趟旅行就多出了一层心理意义。第二天一切顺利，我们补回了大半因为蚊子的骚扰而失去的睡眠。当晚大概一点钟，我刚睡下就被喊醒了。我们被告知船已经到了圣巴勃罗，并被建议到当地找医疗主管布雷西亚尼医生。他热情地接待了我们，还帮我们安排好了房间。

给爸爸的信

亲爱的老爸：

河岸的两边都是居民区，要想找到原始部落，就必须顺着支流到内陆地区去寻找，但这次我们不打算执行这个旅行计划。虽然已经没有传染病了，但为了以防万一，我们依旧注射了黄热病和伤寒症的疫苗，并且备足了阿迪平和奎宁片。

这里多数疾病的起因是新陈代谢紊乱。如果一个星期以上不补充维生素的话，人就会生一场大病，但丛林里的食物往往营养不足。如果我们顺着河流走，可能在相当长的一段时间内都找不到适合的食物。但现在的我们并不确定，我们要看一下是否能乘飞机到波哥大，如果不能，即使到莱基萨摩也行，从那里开始道路会比较顺利。这么选择是因为这种方式可以省钱，省下的钱对我们会非常有用，而不是因为水路的危险性。

我们就要告别这些随时都可能传染给我们疾病的医院了。对于那些麻风病医院的医务工作者来说，我们的旅行已经成为一件重要的事情，他们对我们充满敬佩，好像我们就是来访的研究学者。我们对麻风病的兴趣非常浓厚，可我也不知道这种兴趣会持续到什么时候。利马医院的病人和我们告别时的真诚鼓励着我们继续前行。他们不仅凑了一百索尔送给我们，还送给我们一个野炊炉。从他们的经济条件来看，这可是一大笔财富。说“再见”的时候，一些病人已经泪流满面了。他们感谢我们当他们是普通人，跟他们握手时既没有穿工作服也没有戴手套。他们感激我们和他们坐在一起谈天说地，他们感激我们跟他们一起踢球。这些事情，看起来也许是我们在逞强，但对这些病人来说，这是把他们当成普通人看待，而没有像有些人那样把他们当像动物一样。这种心灵礼物千金不换，但我们被传染的概率非常低。到目前为止，只有一个印度卫生员被传染过，不知道是不是因为他跟他的病人住在一起，也可能是因为他是一个热情过度的教徒，但我也无法确定是什么原因。

伊基托斯

1952 年 6 月 4 日

圣巴勃罗麻风村

第二天是周日，我们起床后想去麻风村。但周日不是工作日，而去麻风村必须走水路，因此我们根本去不了。所以我们改为去看看那个像男人婆的麻风村主任阿尔维托修女。接下来，我们还踢了场足球，但这次我们表现非常差劲。我的哮喘终于开始好转了。

周一我们送了一大堆脏衣服到洗衣店，然后便去了麻风村的病人区。这里的茅舍非常有丛林特色，而六百多个病人便住在各自的茅舍中，照顾自己，做自己想做的事情。这是一个成型的组织，一个有自己风格和节奏的组织。这里还住着一位当地行政官、一位法官和一位警察等。在当地，布雷西亚尼医生的威望非常高，他还负责协调整个麻风村的事务，保护病人，以及解决各种群体间的纠纷。

周二，我们和布雷西亚尼医生一起又去了趟麻风村。他要巡视麻风村，为病人检查神经系统。他正准备深入研究一下麻风病人的神经系统，这项研究需要四百位病人的案例。这个研究非常有意思，因为这里被侵袭到神经系统的麻风病案例非常多。

而实际上，我见到的麻风病人全部都具备这种症状。布雷西亚尼说，这个麻风村里的儿童表现出了早期的神经系统紊乱，这一点引起了索萨·利马医生的注意。

我们参观了正常人居住的地方。这里虽然居住了七十个人，但基础设施缺乏，连基本的电、冰箱以及实验室也看不到。他们非常需要一个显微镜、一个显微镜用的薄片切片机以及一名技术员。现在的技术员是玛格丽塔修女，她人非常友善却不够博学。他们也需要一名外科医生来负责医治神经系统和眼睛等毛病。但有一点非常有趣，尽管这里的神经问题非常普遍，但基本看不到盲人。说到这点，我们或许可以得出一个结论：（无法辨别手稿内容）与此相关的人，因为大部分人都得不到治疗。

周三，我们继续参观了麻风村，期间还去游泳和钓鱼。晚上我同布雷西亚尼医生边下棋边聊天。牙医阿尔法罗态度友善，平易近人。周四是麻风村的休息日，所以我们并未像之前那样去看望病人。早上我们出去钓鱼，却毫无收获。下午我们去踢球，这一次我守门的成绩还不错。周五，我们又去了病人区，但阿尔维托被留下来和和蔼的玛格丽塔修女一起做细菌检查。我们还抓到了两条被叫作“莫塔”的鲶鱼，并将其中的一条送给了蒙托亚医生。

圣格瓦拉日

1952年6月14日，周六，曾经的小孩子转眼就成了二十四岁的小伙子了。我已经站到了人生四分之一的门槛上，进入了生命的银婚时代。从整体来看，我的命运还算不错。早上起来，我去河边想钓点鱼，可钓鱼犹如赌博，就算刚开始赢，最后可能还是输。下午踢足球的时候，我依然做守门员，这次比前几回踢得好很多。晚上，我们在布雷西亚尼医生家用过美味的晚餐之后，大家还在麻风村食堂给我们开了酒会，酒会上有很多皮斯科酒，这可是秘鲁的国酒。

阿尔维托很了解这种酒，它会影响人的中枢神经系统。当我们狂喝豪饮、正高兴的时候，麻风村的负责人过来向我们敬酒，我也回敬了一下，而且还说了很多话：

> 没错，布雷西亚尼先生，我想我必须要以一种与众不同的方式回敬你。现在，我和阿尔维托身无分文，除了跟大家说声“谢谢”表达一下心意，我们什么都做不了。我想代表我们两个，郑重地跟麻风村的所有人说声“谢谢”。我们萍水相逢，却受到了你们热情的款待，给了我们高尚的友情，为了庆祝我的生日，隆重得就像庆祝你们自己的生日似的。另外，我还想说，过几天我们就要走了，我想说几句道别的话。我想要感谢秘鲁的所有人民。从我们经由塔克纳踏上秘鲁的国土开始，秘鲁人民的热情已令我们如沐春雨。

> 我还想说点儿偏离今晚主题的话。尽管我们没有高贵的身份，可能难以代言某个伟大壮举，可这次旅行之后，我们坚信，那些妄图分裂拉美国家的人纯粹是痴人说梦。分裂只会给我们带来动荡和虚幻。从墨西哥到麦哲伦海峡，我们同宗同源、都是梅斯蒂索族人。因此，为了告别狭隘地方主义观念，让我们大家举杯，一起为秘鲁、为拉丁美洲国家联盟喝一杯！

我的一番话赢得了大家的热烈掌声，而酒会上，大家自然是不醉不归。一直到凌晨三点，我们才喝到尽兴。

周日早上，我们访问了亚瓜部落，这里的印第安人都穿红草服饰。据说丛林是密不透风的，但我们沿着小路走了三十分钟后，就看到了一排住着一户人家的茅草屋。这里的生活方式很特别，茅草屋上被厚厚的木板和小小的棕榈叶密封起来，到了晚上，藏在里面完全可以避开成群结队的蚊子。部落中的女人已经放弃了传统服饰，改穿普通衣服，因此她们原本裸露着的胸前春光就被遮盖了起来。

这里的小孩身体枯瘦，肚子却很大。可是，就一般情况来看，丛林中的部落的成年人往往会缺乏维生素，但这里的成年人却没有这种现象。她们的饮食中有香蕉、棕榈果、丝兰，以及把用步枪打来的猎物当食物。他们说自己部落的语言，只有少数人会说西班牙语。他们的牙齿都坏掉了。

下午我们又去踢足球，尽管我比之前表现得更好，但在我不注意的时候，还是被他们偷偷地得了一分。当晚，阿尔维托叫醒了我，原以为是急性胃炎，最后确诊是右回肠腔出了问题。我已经累得顾不上他的疼痛了，只是建议他分散注意力就不会那么痛了，然后我翻个身就睡着了，一觉睡到了第二天。

周一是病人分药的时间，和蔼的玛格丽塔修女用心照顾着生病的阿尔维托，不间断地每四个小时为他注射一次青霉素。布雷西亚尼告诉我，他正在等一条木筏运牲口来，而且给了我一个鼓舞人心的建议。我们可以用木板自己做一个木筏，于是我们开始制订前往玛瑙斯的计划。当天我没去踢球，因为我的脚感染了，需要休息。我跟布雷西亚尼医生谈天说地，聊到很晚才休息。

周二早上，阿尔维托恢复了健康，我们又去了病人区。蒙托亚医生正在做一个麻风病人的手术，尽管他的技术还有待提高，但这次的尺骨神经系统手术很成功。下午，我们在村子附近的盐水湖钓鱼，最后一无所获。回来的路上，我坚持要游泳横穿亚马孙河，我足足花了两个小时，等着我们的蒙托亚快绝望了，因为他无论如何也没想到会这么长时间。当天晚上的小型酒会，原本很欢乐，但结局却是莱萨马·贝尔特兰先生和几个人大打出手。

莱萨马·贝兰特先生内向、幼稚，性格古怪，这位可怜的先生喝多了，破口大骂这次酒会没有邀请他，直到被人一拳打在眼睛上，又被几个人打了一顿才住嘴。这件事情很扫兴，但这个可怜人虽然是个同性恋，而且非常无聊，对我们却非常好，还给我们每人十索尔。这样一来，我的财产一共达到了四百七十九索尔，阿尔维托的财产也达到了一百六十三个半索尔。

周三早上下雨，我们没去病人区，基本上消磨了一整天。看了些加西亚·洛尔卡①的作品后，我们又去码头看了绑在

① 加西亚·洛尔卡（1898—1936）：西班牙诗人、剧作家。

那里的木筏。周四早上，医务人员休假，我们和蒙托亚一起去河对岸买些食物。我们顺着亚马孙河的一条支流走，买到的东西很便宜，有丝兰、蔗糖、鱼、玉米和木瓜。我们还钓了鱼，我钓到一条莫塔鱼，而蒙托亚钓到一条普通鱼。

回来时，我们遇到了强风，层层波浪涌向小船的时候，船长罗赫尔·阿尔瓦雷斯吓得魂都没了。我们让船长把船桨给我们，但他没有同意，我们也只能在河岸边等待风停。我们到家的时候已经下午三点了。虽然已经把钓到的鱼煮了吃掉，但饥饿感依然困扰着我们。我们每个人都收到了罗赫尔送来的衬衫，我甚至多收到一条裤子，所以我整个人都精神百倍。

我们基本上准备好了木筏，但还差桨。当天晚上，麻风村的病人聚在一起为我们唱送行歌曲。一位盲人病人演唱了很多当地民歌。伴奏中有笛子、吉他、手风琴，而那位手风琴演奏者甚至没有手指。

另外，一个健全的人时而弹弹吉他，时而吹吹萨克斯，时而又敲敲打击乐器，繁忙地客串着各种角色。演奏完毕便是演讲，虽然那四个病人有点怯场，但他们已经尽了最大的努力。

其中一位，甚至紧张得忘了演讲词，而不得不中断演讲。一直等他绝望地大喊道："为我们两位医生朋友振臂高呼吧！"接着，阿尔维托真诚地感谢了他们的热情，他说大家的真诚令他感动不已，秘鲁风景秀丽，却也被此时此刻的心灵美比了下去，他无法用语言表达内心的感受，除非是……

说到这里，他张开怀抱，以庇隆式的声调和动作满怀激动地说道："我必须感谢你们每一个人！"

悠扬的民歌声中，病人们解开岸边的绳索，摇着木筏缓缓地向河中驶去。船上灯火昏黄，映照在病人们的身上，令他们犹如幽灵。我们到布雷西亚尼医生家中聊了一会儿，又喝了几杯酒，才去休息。

周五是我们离开的日子，一大早就到病人区辞行，还照了几张合影，回来的时候还带走了蒙托亚医生给我们的两个上等菠萝。洗完澡，吃完饭，大约在下午三点我们正式告别了这个地方。三点半，我们一行人乘坐着被命名为“曼波-探戈号”的木筏出发了。这一行人包括我们两个，还有送我们的阿尔法罗、布雷西亚尼医生以及木筏制造者查韦斯。

送我们到了河流中央，他们将桨交给我们自己操作后便离开了。

木筏首航

我实在太困了，两三只蚊子已经不足以打扰到我的睡眠，几分钟过后，我的困倦打败了蚊子。但我的胜利很快便化为泡影，阿尔维托的声音把我从美梦中拉了出来。我们注意到河的左岸出现一座小镇，镇上闪烁着昏暗的灯火，远远望去，那里可能是莱蒂西亚。

我们必须把木筏划到有灯火的地方，但这项任务太艰巨了，我们遇到了一个严重的问题：木筏执拗地在河中央游走，无论如何都靠不了岸。我们使出了浑身解数，木筏刚刚要靠近岸边的时候，它便转上半个圈，又飘回到了河中央。

岸边的灯火慢慢地消失了，我们渐渐陷入绝望的深渊。我们身心俱疲，只能靠着战胜了蚊子的那点成就感来安慰自己，先睡到天亮，再想下一步怎么办。

前面的行程并不乐观，假如我们不能靠岸，就只好一路直达玛瑙斯，但据我们所知，要到玛瑙斯还要划十天，这段路很远很远。因为前天发生了一点意外，我们的鱼钩不见了，而且已经没有了足够的生活必需品，加上是否能顺利靠岸还不得而知。更别说我们没有任何可以进入巴西的证件，而且在巴西还要面临语言不通的压力……没多久我们便睡着了，所以种种困难并未困扰我们太久。

第二天，我在暖暖的阳光中醒来，我爬出蚊帐想看看顺水漂到了什么地方。眼前的一幕并不是我想看到的，木筏静静地停靠在河的右岸，那里是一个小码头，大概是附近那所房子的吧。到处都是蓄势待发的蚊子大军，于是，我决定先观察周边的环境。

阿尔维托还在沉沉地睡着，我没有叫醒他，并且也想睡个回笼觉。顿时，全身上下传来一股挥之不去的困倦以及不安的疲惫感，我感到自己已经无法思考了，更无法做出任何决定，但无论一切有多糟糕，我们都要坚信没有自己解决不了的问题。

给妈妈的信

亲爱的妈妈：

就在我下笔写这封信时，我们向委内瑞拉又挺进了几公里，身上也更加拮据。首先，我要祝您福如东海、寿比南山！对我来说，您的生日非常重要。我希望您度过一个有家人陪伴、有欢声笑语的生日。

其次，我想给您简单讲述我们离开伊基托斯之后的事情。我们基本上是按照计划行进的。带着蚊子这个忠实的伴侣，我们整整赶了两个晚上，才在黎明时分到达圣巴勃罗麻风村，在那里舒舒服服地睡了一大觉。这里的医疗负责人非常好，他对我们的事情具有浓厚的兴趣。我们同麻风村的所有人都相处得很好。

但是修女们总问我们怎么不去教堂做礼拜。麻风村是由修女们管理的，不做礼拜的人将无法得到充足的食物。她们扣掉了我们所有的食物，但那些好心的孩子们每天都给我们送吃的来。如果没有这件小事，我们的生活简直如天堂一般。

十四号那天，这里的人为我举办了生日酒会，酒会上有很多皮斯科酒，这种杜松子酒可以让你美美地醉上一回。麻风村负责人给我敬酒的时候，我趁着酒劲儿，做了一场典型的泛美国家联合演讲，这些喝得面红耳赤的听众们全都给了我最热烈的掌声。

我们比计划多待了几天，可最后还是要去哥伦比亚。我们离开的时候，麻风村的很多病人都划着木筏来跟我们告别。

他们站在码头，唱着当地的民谣为我们送行；他们说的话令我们动容。号称自己是庇隆后人的阿尔维托说了一段令人振奋的长篇阔论，逗得大家开怀大笑。这一刻，称得上是旅途中最美好的时刻之一。

唱歌的人是盲人，演奏手风琴的人失去了右手的手指，却依然顽强地在手腕上绑着短棍演奏。因为当地的病人大多遭受麻风病侵入神经系统，所以大部分人都身有残疾。岸上的灯火在河水中的倒影摇摇曳曳，犹如恐怖电影中的场景一般。河两岸是繁茂的原始森林，一英里之外住着当地的土著部落，我们曾经去过那里。

这条河实在是美不胜收，而且蕴藏着无尽的财富，不仅有美味无比的河鱼，还有森林中无尽的猎物。我们有一个梦想，沿着这条景色秀丽的河流，穿过马托格罗索，自巴拉圭前往亚马孙河，一路行医……这是一个梦……或许有那么一天……我们也要养家糊口……当地人为我们特别制作了一条非常棒的木筏，我们划着木筏顺流而下，颇有探险者的风度。

顺流而下的第一天一切顺利，但是当天晚上原本该轮流休息的我们却窝在他们送的蚊帐中一块儿呼呼大睡。直到第二天早上睡醒后才发现木筏在岸边搁浅了。

我们的胃口非常好，食物消耗得很快。我们愉快地度过了一整天。到了夜里，我们决定轮流休息，一人一小时，以防万一。

黄昏的时候，河水已经慢慢地将我们推到了岸边，藏在河水里的树枝差点把我们的木筏掀翻了。轮流休息的过程中，我们出了错，把一只刚要下锅的母鸡掉到了河里，眨眼间湍急的河流便吞没了母鸡。

尽管我在圣巴勃罗的时候曾经用了两个小时游泳横渡这

条河流，可那天晚上我甚至不敢跳下去。这是因为那些时不时浮出水面、面露凶光的短吻鳄，还有我无论如何也摆脱不掉的黑夜河水恐惧症。

如果您在这里，您一定能救回那只美味的母鸡，如果安娜·玛利亚在，她一定也能做到。因为你们可没有我这个莫名其妙的黑夜恐惧症。

我们费了九牛二虎之力才把用鱼钩钓到的那条硕大无比的鱼拉上木筏。天亮之前，我们一直轮流守护。靠岸后，我们先拴好木筏，然后爬到蚊帐里躲避发起猛烈攻击的蚊子群。

睡醒之后，阿尔维托发现带饵的鱼钩比夜里少了两个。他不喜欢吃鸡肉，但特别喜欢吃鱼，所以鱼钩丢了，严重影响他的心情。我们决定到附近的那所房子去问问这里到莱蒂西亚的距离。

小屋的主人说一口标准的葡萄牙语，我们打听到这里已经是巴西地界，莱蒂西亚在上游，到那里去需要逆流走七个小时。我和阿尔维托互相指责，争论着到底是谁没有尽职守夜。

我们把麻风村病人送给我们的一个重达四公斤的大菠萝以及钓到的那条大鱼送给了小屋的主人，并在他的小屋里过了一夜。第二天早上，在小屋主人的带领下我们逆流而上。

返回的旅程一切顺利，但连续划了七个小时的木筏，加上木筏不好用，我们累得上气不接下气。抵达莱蒂西亚的警察局后，虽然不用为吃住发愁，但没有买到五折以下的机票，只能花费一百三十哥伦比亚比索购买了机票，加上行李超重，又另外支付了十五哥伦比亚比索。两笔花销折合阿根廷比索已达到一千五百。

但这一天发生一件非常幸运的事情，一支足球队邀请我们当教练。两个星期才有一班飞机，所以我们有的是时间。原本我们只是想只要让他们别在观众面前丢人现眼就行，但他们实在太弱了。面对这群扶不起的阿斗，我们决定亲自上阵比赛。最后，这支实力最弱、最不被看重的球队竟然改写了整个球队的排名，杀进了总决赛。因为罚点球时的失误，我们和冠军宝座擦肩而过。

阿尔维托带球过人的技术简直无可挑剔，展现了佩德内拉的风格，因此大家送他外号“佩德内里塔”。我粉碎了对方球队一个点球得分的美梦，我想被扑出的这个点球一定可以载入莱蒂西亚的史册了。赛后庆典原本一切顺利，但当哥伦比亚国歌响起的时候，我不经意间弯腰擦掉了膝盖上的血迹。那位看见我这一动作的上校怒发冲冠，把我臭骂一顿。我差点就要开口还击了，但想到我们很快便会离开这里，还想到其他的一些事情，也只能忍一忍，把所有的愤怒咽到肚子里。

在飞往波哥大的飞机上，因为一路的颠簸，我们感觉像是置身于鸡尾酒的摇酒器中。阿尔维托向同行的乘客介绍了我们曾经经历的一次次生死时刻。当时的我们正飞行在大西洋的上空，计划去参加一场在巴黎举行的国际麻风病大会。非常不幸，飞行途中飞机的四个引擎坏了三个，只要再有一分钟的耽搁，飞机就会葬身大海。阿尔维托最后的总结是：“说实话，道格拉斯公司的飞机简直是……”他的描述有声有色，连我都听得心惊胆战。

我们曾经两次环游世界。在波哥大的第一天过得非常愉快，大学校园里虽然不缺吃的，但宿舍已经住满了学生，我们无处过夜。这些都是拿到联合国奖学金并到这里学习的学生们。不过，里面可没有来自阿根廷的学生。

凌晨一点之后，我们总算在一家医院找到了落脚处，但不过是医院的一张凳子。我们还不至于一无所有，但像我们这样的拥有一定成就的探险者宁可冻死，也不会去享受宾馆里的小资生活。之后，我们受到了麻风病机构的接待。我们从秘鲁带来的介绍信是佩谢医生签的字，他在球队里的角色和鲁斯多差不多。尽管介绍信中满是奢华的赞美之辞，但麻风病机构的人依旧疑虑重重。

在阿尔维托随意的摆放下，我们各式各样的证书已经出现在了他们的眼前。他们还没搞清楚是怎么回事，我们又说过敏症也在我们的治疗范围之内。他们简直不知所措、难以应对。您猜最后怎么样？他们向我们发出了工作邀请。我可不想接受这样的邀请，但阿尔维托好像已经在考虑了，不用说您也知道是为什么吧。我用罗伯托的匕首在街道的路面上刻字，却被警察粗暴制止，我们和警察发生了激烈的争吵。

最后，阿尔维托和我意见一致，尽快去委内瑞拉，绝不逗留。所以，当您看到这封信的时候，我们又要踏上征程了。如果您想给我回信，就碰碰运气寄到哥伦比亚北桑坦德的库库塔，或者用快递寄到波哥大来。明天我会离开波哥大去看足球赛，是百万富翁队对皇家马德里队。

我们买了最便宜的看台票，您要明白，和我们的同胞打交道的难度堪比和部长打交道。哥伦比亚蛮横地干涉公民自由，干涉程度超过了我们到过的任何国家。街上都是持枪巡逻的警察，几分钟便会碰到检查证件的警察，即便把证件拿反了，他们也会装模作样地看上一遍。

整个国家都处于紧张的氛围之中，好像正在酝酿一场变革。乡村地区的农民明目张胆地闹事，政府军队却无能为力。保守派内部意见不一致，互相指责、争吵不断。所有人都会终身牢记 1948 年 4 月 9 日的血色事件。总之，这里的氛围让人透不过气来。如果哥伦比亚人听信了命运的安排，我也只能希望他们好运，可我们要马上离开，再也等不下去了。尽管阿尔维托有可能在加拉加斯找到工作，但已经不重要了。

我迫切地希望收到写着您近况的信件，就算是短短几句话也好。您不用再向贝阿特丽丝或者其他什么人打听我的情况了，我没给她写回信。因为我们每到一座城市就尽量只寄出一封信，也因此这封信中还装了寄给阿尔佛雷迪托·加韦拉的明信片。

您的儿子无时无刻不在思念着您，让这封信捎去我对您的热情拥抱吧。希望我老爸能亲自去趟委内瑞拉，因为那的消费水平不高可工资水平却不低，对于他这样的铁公鸡来说再合适不过了（哈哈）。另外，如果他长期住在这里，不知道还会不会一心想着汤姆大叔。但我们也不能忘乎所以，老爸一定能看明白真正的意思。再见！

哥伦比亚，波哥大

1952年7月6日

加拉加斯漫漫长路

海关的工作人员问了几个毫无必要的问题之后，又在我们的护照上做了一阵无用功，才开始用他那不信任的目光打量我们，他表现出的较真劲儿，跟警察破案不放过任何蛛丝马迹的样子有一拼。之后，我们的护照上终于出现了硕大的出发日期：7月14日。我们走出海关，上了那座连接着两国同时又是两国分界线的大桥。

一个眼神鄙夷的委内瑞拉士兵拦住了我们的去路，他那副傲慢自大的嘴脸和哥伦比亚士兵毫无两样，这好像是军人的典型嘴脸。他查看了我们的行李，还不放过任何一个审讯我们的机会，充分实施了一个“有权有势”的人的权力。他们说是照章办事，便将我们扣留在了塔奇拉的圣安东尼奥。之后，来了一位答应带我们到圣克里斯托瓦尔去的小货车司机，他们才同意我们继续上路。

路上经过一个海关检查站，我们全身上下还有行李又被警官认真地检查了一遍。那把在波哥大给我们惹了不少麻烦的匕首又开始惹麻烦，警官们围绕它询问了我们很长时间。但和这种“修养”极好的人打交道，正是我们的拿手好戏。被藏在皮夹克口袋里的手枪，躲过了被上缴的命运。这是因为塞那件皮夹克的包袱臭气熏天，海关工作人员恨不得离它远远的。搜肠刮肚才得以保留的匕首成了麻烦的根源，去往加拉加斯的路上检查站非常多，我们要不停地想出为自己开脱的理由。

边境上相邻的两个城市路况不错，尤其是委内瑞拉一侧更好。这令我想起了科尔多瓦四周被群山环绕的地区。从整体来看，相比哥伦比亚，这个国家更加繁荣。

因为我们想走最省钱的路线，所以刚到达圣克里斯托瓦尔，我们就跟运输公司的老板们吵了起来。最后，我们采纳了他们的意见，在我们的旅行中这可是第一次。想到赶路要紧，还想在加拉加斯治疗一下哮喘，我们改乘了小货车，而放弃了坐巴士，这是因为小货车两天就能到，而巴士则需要三天。多支付的二十玻利瓦尔，全当是送给加拉加斯的见面礼了。车子出发得晚，所以我们可以去散散步，还去了附近的图书馆看会儿书，那里的环境非常不错。以此来增加我们对这个国家的了解。

夜里十一点，我们继续北上。柏油马路快速地向身后飞驰而去。原本一个座位上挤了三个人，现在我们四个人又被塞了进来，这下肯定不能睡觉了。更糟糕的是走到半路，轮胎漏气了，足足耽误了一个小时。我也被哮喘折腾得心烦气躁。山谷中种植的农作物与我们在哥伦比亚看到的一样。

一路上都昏昏欲睡，我们终于爬上了植被稀疏的山顶。路况非常不好，车胎已经被扎出无数的小洞，第二天又多了几处穿孔。沿途都是警察设下的关卡，来往车辆都必须接受严格检查。幸亏车里的女人带有介绍信，而且机灵的司机告诉警察车上所有的行李都是这个女人的，于是我们顺利通过检查。

在阿基拉角的休息站里，原本一个玻利瓦尔的饭菜涨价到了三个半玻利瓦尔。为了省钱，我们决定勒紧裤腰带，少吃一顿饭。司机见到后，怜悯地请我们吃了一顿饱饭。阿基拉角海拔四千一百零八米，是委内瑞拉境内的安第斯山脉最高处。靠着仅剩下的两片药，我熬过了一夜。

傍晚时分，司机停车休息了一个小时。他已经两天两夜没合眼，一直在开车。原计划当天晚上抵达加拉加斯，可车再次发生爆胎，我们的行程被耽搁了。而且，车的电路也出现故障，电池不能充电，只能找地方去修车。我们已经进入热带地区，周围只有气焰嚣张的蚊子群和漫山遍野的香蕉。

最后一段行程，我靠着打盹来缓解越来越难熬的哮喘。这是一段用沥青平铺的道路，虽然天色已晚，但这段路令我身心愉悦。到达目的地时，空中雷电交加。我的身体已经难以支撑了，痛苦难耐。我们花了半个玻利瓦尔租了一张床，在阿尔维托帮我注射了肾上腺素后，便一头瘫倒在床上，沉沉地睡去。

奇妙的 20 世纪

虽然我偶尔还需要借助我的新朋友——那台法国制造的人工呼吸机，但我感觉身体已经好多了，因为已经度过了哮喘最难熬的时期。我突然感觉阿尔维托不在身边，就好像遭到敌人攻击时自己单打独斗一般。当我看到什么的时候，总想转身告诉他，却发现他已经离开。

没错，这个地方确实很完美：有人用心照料我，有美味可口的食物，时刻铭记重拾学业、拿到学位、济世救人的梦想。可是，一想到要离开阿尔维托就怎么也高兴不起来。几个月的时间里，我们同舟共济、患难与共，处处为对方着想，和对方经历着同样的事情，我们形影相随、情同手足。这些念头始终萦绕在我的脑海中，挥之不去。想着想着，自己好像已经脱离了加拉加斯的市中心飘向了郊外。

郊外的房子彼此相距较远。依山谷而建的加拉加斯城呈狭长形状，两边依托山谷，很容易就能登上两边的山顶。俯瞰着眼下快速发展的城市，很快就能想象出加拉加斯的多元化发展的新面貌。黑人这一非洲种族实在令人惊讶又赞叹，幸亏他们不爱洗澡，否则种族的纯净将难以延续。

另一个新兴的奴隶人种葡萄牙人正在占领黑人的领土，因此，在这两个古老种族间的安宁日子不复存在，取而代之的是不间断的争吵和纷争。但为了生存，为了抵抗种族歧视以及贫穷落后，他们联合起来一起奋斗。可是在不同的生活方式下，两个种族的区别越来越明显，黑人沉迷于幻想又好吃懒做，在轻浮的琐碎小事以及酗酒上耗费了手里为数不多的金钱；欧洲人保留了代代相传的工作努力和存款积蓄的传统，即使在这种偏远的美洲角落里，他们依旧保持了自己的传统，这种传统甚至屹立于个人理想之上，在其激励下，他们不断地提升自己。

以现在的海拔高度，留下的全是砖土小房子，混凝土楼房早已无影无踪。我悄悄地去其中一座房子看过，在这所分为两间的房子里，放着壁炉，地上放有一张桌子，一堆稻草，很明显他们是以这堆稻草当床。三个赤裸裸的黑人小孩，正在跟一只脏兮兮的狗以及三只骨瘦如柴的猫玩耍。火炉中呼呼地冒着黑烟，刺鼻的味道弥漫在整个房间。

那位正在煮饭的黑人母亲，头发卷曲着，乳房下垂严重。那个在旁边帮忙的小女孩十五岁左右，身上穿着衣服。我们站在房子门口和他们说话，询问他们是否能为他们照张相的时候，我们被无情地拒绝了，因为我们无法答应他们立刻把照片给他们。

我跟他们解释，必须要先洗照片，但没有起到任何作用。他们毫不犹豫地说，如果不能拍完立刻给他们照片，就绝不拍照。最后我同意了他们的条件，可他们依然有所怀疑，不肯完全相信我们。就在我和这家人协商的时候，一个小孩跑出门和他的同伴们玩去了。

我只好守在门外，手里拿着相机，做出要把从房间里探出头的人都拍下来的动作。我们僵持了一会儿之后，刚才跑出去的孩子悠闲地骑着自行车回来了。我调整好焦距，按下快门，可接下来却发生了难以预料的事情。那个小孩为了不被相机捕捉到，来了个急转弯，结果重重地摔在了地上，开始号啕大哭。

一家人瞬间跑了出来，完全将对相机的恐惧抛之脑后，冲出门后张嘴就骂。看到这些习惯了投掷石头的家伙的样子，我慌乱无助，只好撒腿就跑。

阵阵咒骂声瞬间爆发出来，其中夹杂着最高级别的咒骂："葡萄牙浑蛋!"

路两边堆满了废弃的集装箱，这些曾经用来运输汽车的集装箱，现在已经成为葡萄牙人的"住所"。在一个黑人居住的集装箱中，我发现了新添置的冰箱。收音机里发出的震耳欲聋的音乐声从很多箱子中传了出来，音量已被他们的主人调到了最高。最残破不堪的房子前面停放着崭新的汽车。

头顶上呼啸而过的飞机种类繁多，空中折射着机身的银光，还有响彻云霄的飞机噪声，脚下便是四季如春、气候宜人的加拉加斯。红瓦屋顶以及平顶的现代楼房在城市中心如雨后春笋般拔地而起，格外显眼。

尽管地图上已经看不到淡黄色殖民风格建筑物的身影，但它们依然代表了加拉加斯精神，并将延续下去。也正因为这种精神的存在，使得加拉加斯仍然停留在殖民时期的落后的半农耕状态，不受北部生活方式的侵蚀。

页边笔记

夜空下的小山村，被划过天际的星光点亮。凉风习习，万物无声，黑夜降临。无法用语言说明，好似一切都消融于无垠的天际，没有了个性差异，陷入沉思的我们也被无边的黑暗吞噬。黑幕上点缀繁星点点，没有一丝云彩。几米之外，那盏昏黄的台灯，已在无尽的黑暗中逐渐弱化。

黑暗之中，我看不清那个男人的脸，只隐约看到闪烁着的亮光，那应该是他的眼睛以及他的四颗门牙。

我不知道我到底为什么要把下面这些事情告诉你们，是因为当时的氛围，还是因为那个男人的性格？我真的无从知晓。我知道的是，虽然已经有很多人说过，但我从没有注意过。

实际上，我接下来要说的这个人非常有趣。为了不受教条主义的迫害，他年纪轻轻便从欧洲逃了出来，饱尝各种恐惧，其中几种经历甚至令他学会了珍惜生命。后来，他历经千难万险，出游各国，直到他以及他的那颗曾经不安分的心安顿在这片世外桃源般的乐土上，安于天命。

我们聊了一些毫无意义的话语，彼此诉说一些陈词滥调后，终于不再开口说话。在双方陷入尴尬、准备各奔东西之际，他突然发出了阵阵大声的、儿童般的笑声，四颗闪亮的门牙显得更加不对称了：

未来掌握在人民手中。不管历经多么漫长的岁月，抑或转瞬之间，总有一天，我们的国家还有世界上每一个国家的人民都将取得政权。

但问题是，人民必须接受教育。人们接受教育并不是在取得政权之前，而是要在取得政权之后接受教育。只有在付出代价之后，人民才会安于学习，但这种代价常常会痛苦不堪，甚至会吞噬众多无辜的生命。从另一方面来说，这些生命的流逝或许并不无辜，因为他们违背了自然法则，这可是大忌。

也就是说，因为他们无法适应环境，才会被淘汰。任何不懂变通的人——好比你还有我——到时候为了建设新的力量付出一切，但在生命的最后一刻，我们会为自己所做的一切感到后悔。革命没有个人色彩，但它可能会耗尽人的最后一丝生命力，可能将他们的记忆当成证据，去为那些追随它的年轻人洗脑。

我的罪恶更严重，因为我阅历丰富、手段老到，不管怎么说都不过分。在生命走向尽头的时候我一定会明白，我的付出正是因为那些腐化的、崩溃的、顽固的文明。我还知道，在生命的最后一刻我一定会咬紧牙关、握紧拳头，带着内心的争辩和仇恨离去，因为我无法代表（成为默默寡言、毫无生气的模范）这个正在走向崩溃的社会，我也是有血有肉的人。

虽然我也明白这些都无法改变历史的脚步以及你的想法。你常说蜜蜂筑巢，并常常用这样的团结精神来激励我。我们都一样，但你不了解你为这个社会做出了多么大的贡献，相反，这个社会却扼杀了你，毫无感情。

他发表对历史看法的时候，我一直看着他的牙齿，品味他的笑容。我能感觉到他跟我握手，跟我正式告别，可他的声音遥远而低沉。他说话的时候，夜色渐渐笼罩下来，将我一口吞下，紧紧地捏住了我。虽然他的话有些道理，可我明白……

当人类被伟大的指导思想一分为二、并相互对立时，我必将站在人民的阵营里。我抬头望向天际，凝望着镌刻在夜空的字迹：我是信念的伪善中庸派，我是教条的思想指导师。当袭击敌人的防御工事以及战壕时，我会如疯魔一般咆哮；我必将拿起被鲜血染红的武器，勇往直前，消灭一切敌人。

我看到，起初的欣喜已被筋疲力尽替代，我看到自己的意志已被这场战争消耗殆尽，自我已牺牲于真正的革命之中，最后我会大声宣布一切都是我自愿的。滚滚硝烟以及浓重的血腥味刺激着我扩大的鼻腔，敌人消亡的腐臭气息充满了我的肺部。我全副武装，整装待发，准备随时化身为一座圣殿。在这座肉身化作的圣殿中，取得最终胜利的无产阶级将手握初生的力量、背负着初生的希望，爆发出震耳欲聋的咆哮！

附录

环境的产物

——面向医科学生的演讲

1960 年 8 月 20 日

写完《摩托日记》八年之后，切·格瓦拉成为古巴革命政府的中坚力量。和阿尔维托·格拉纳多一起旅行后，他再次故地重游，游历了整个拉丁美洲，亲身见证了美国中情局主导的危地马拉政变。从此之后，他勇敢地加入到古巴革命运动中，并于 1959 年率领革命大众夺取了领导权。他在面向古巴医科学生以及医务工作者演讲时，回顾了自己由一名医科学生成长为政治积极分子的历程。

大概所有人都知道，很多年前，我曾经是一名医生。在我刚开始学医时，甚至在我刚当上医生时，我脑海中的大部分革命思想都才刚刚萌芽。

我渴望成功，每个人都渴望成功。曾经，我梦想成为一名举世闻名的医学研究者；曾经，我梦想永无止境地工作，不断获得有用的价值，为人类做出应有的贡献。同时，这也是个人获得的成功。我和大家一样，都是环境的产物。

在那个特别的环境中，或许是因为我性格的驱使，拿到医学学位后我便开始了穿越拉丁美洲之旅，并亲自去了解它。除多米尼加共和国和海地之外，我以各种不同的方式访问了其他所有的拉美国家。刚开始旅行的时候，我只是一名医学院的学生，之后才成了一名医生。旅途中，我切身感受到了饥荒、疾病、贫困，亲眼看到了因为缺乏医疗条件而得不到医治的儿童；因为缺少食物以及常年的刑罚，早已麻木的父母将孩子的离世仅仅当成无关紧要的意外。在拉丁美洲的饥寒交迫的底层家庭中，这样的悲剧每天都在上演。从那时开始，我意识到自己肩负的责任，这个责任同梦想成为举世闻名的研究者或者为医学做出贡献一样重要，这个责任就是要帮助这些挣扎在贫困深渊中的人。

可是，我和各位一样，只是环境的产物。我想尽自己的努力去帮助别人。我去过很多地方，例如民主选举出来的阿本斯领导的危地马拉。我开始记录自己的行程，开始学习如何成为一名具有革命精神的医生，开始学习如何指导自己的言行，开始探索具有革命精神的医生该具备什么素质。

可不该到来的却始终逃不掉，1954 年，危地马拉政变爆发了。这起政变的幕后主使就是：美国国务院以及美国中情局局长福斯特·杜勒斯，还有他们（用来取代阿本斯的）傀儡政权的总统卡斯蒂略·阿玛斯，还有联合水果公司，事实上，他们是一丘之貉。因为当时的危地马拉民众可不像现在的古巴民众这么成熟，所以这些人的阴谋才能得逞。记得那一天，晴空万里，我和很多人一起被迫踏上了流放之路，或者说是逃离危地马拉，毕竟这里并不是我的祖国。

之后我才意识到基本点是什么：如果想成为一名革命者，或者想成为一名具有革命精神的医生，首先需要进行一场革命。如果单纯地在拉丁美洲的几个角落里单打独斗，或者单枪匹马地对抗那些妨碍进步的敌对政府以及社会现状，那么这些个人的努力、独立的抗争、伟大的理想以及为了实现理想而奉献一生的决心都将成为无谓的牺牲。古巴现在所具备的条件正是革命所需要的：全民一心。我们已经掌握了怎样在战斗中团结一心，怎样使用手中的武器，我们已经了解了武器所具有的价值，了解了团结一致所具有的能量。

接下来要讲到的就是现在面对的问题的核心。当务之急是，我们有权利、也有义务成长为具有革命精神的医生，用我们掌握的专业知识为人民排忧解难、为革命服务。我们再来看一下刚才提出的问题：为了高效率地为社会做出贡献，我们应该怎么工作呢？关于个人努力和社会需求的关系，我们应该怎么协调呢？

作为医务工作者，我们必须再回顾一次革命以前的生活状况，那时的我们在做什么、在想什么？回顾的同时，我们必须保持深刻批评的态度。接下来我们就会总结出：我们必须记录下曾经的所思所想，我们必须训练新人。如果每个人都能塑造出理想中的新人模型，那么我们将更容易培养出能够代表新古巴的全新人民。

在座的哈瓦那居民，对你们来说，接受这样的观念将大有益处：古巴，正在涌现出一批全新居民。在首都，或许人们还没有学会全方位地欣赏这些新人，但现在，新人已经遍布国家的每个角落。诸位中如果有人在 7 月 26 日去过马艾斯特腊山，肯定会亲眼看到那些令人震惊的场面……您一定看到了，那些十三四岁的孩子，甚至是八九岁孩子，他们的体型是什么样子。那些都是马艾斯特腊山的亲生孩子，同时，他们也是在饥饿和贫穷的陪伴下降生的孩子。他们生活在缺乏营养的环境中。

古巴是个小国家，但电视频道已经达到四五个，广播电台也有几百个，甚至也拥有了现代科学。某天晚上，来到校园的孩子们第一次见到了电灯，他们大声地说着“星星掉到地面上了”。你们或许已经见过他们，因为他们正在集体学校学习字母、学习一门手艺，甚至开始学习一名革命者应该掌握的高深学问。

他们是古巴的新生代居民，他们诞生在穷乡僻壤，诞生在偏僻的马艾斯特腊山地区，诞生在工厂的车间里，诞生在合作社中。

以上所说的均与我们今天的主题息息相关，我们医务工作者必须参与到革命中去。这是因为，革命的责任就是培养并教育儿童，组建军队，将土地从地主手中平均分配给农民大众。不分昼夜辛勤劳作的农民，却不能享有应有的劳动果实，而革命的责任就是要治疗古巴社会的毒瘤。

治病救人应基于塑造强健体魄之上的原则，而不是像雕琢艺术品一样逐个雕琢、逐个治愈，我们要通过集体的力量，借助全社会的力量来塑造强健的体魄。

将来，医学将来会是一门预防疾病的科学，一门领导所有人承担起医疗责任的科学。在我们正在创建的这个即将到来的新社会中，医学只有在发生非常紧急的情况时，才会发挥作用，通过外科手术或者其他方法治愈疑难杂症。对医疗组织而言，对革命责任而言，个人才是他们最基本的需求。革命不是集体意志的统一，也不是集体积极性的统一，而是解放了个人的能力。

革命的真正责任在于对个人能力的引导。我们今天的责任就是引导各行各业的医疗人才到社会治疗上去。

旧时代即将一去不复返，这不仅仅是古巴的现状。虽然很多人并不看好，虽然有些人心有不甘，可我们所了解的资本主义形式即将分崩离析。虽然我们在这样的资本主义形势下出生、成长、历经磨难，但集体科学的成就越来越大，垄断格局正被一一打破。我们为此感到骄傲，我们有义务贡献自己的力量，我们有义务成为刚刚开始的拉丁美洲解放运动的先锋力量，我们有义务走在受压迫人民刚刚兴起的解放运动的前列。可以说，人民的思想状态也应该跟随社会的深远变革开始深刻地改变。

在古巴，我们必须消灭那些与社会环境格格不入的个人主义。将来的个人主义必须合理地利用每一个个人，完全地为社会服务。虽然所有人都懂得这些道理，而且在座诸位也明白，也愿意回顾过往、正视现在、畅想未来，但是，思维方式的改变需要以内在改变为前提，然后才能产生外在的巨大变化，最终发生社会变革。

如今的古巴，正如火如荼地开展外在的变革。到古巴的每个角落去，到建设中的合作社去，到建设中的工厂车间去，去了解革命的方式，去了解人们内心积蓄的力量，了解沉睡了多年的能量。同样，想要了解医疗问题，不仅要到合作社、到厂房去，更需要深入群众中间，即走到合作社以及厂房中的工作者中。我们必须深入实地，了解他们的状况，我们必须深刻地了解他们的痛苦，了解他们多年来的贫困潦倒，了解根植于几个世纪的屈服和压抑。作为医务工作者，我们应该找到工作的重心并帮助人们战胜痛苦。而这个重心便是：人民群众中的每一个成员，社区中的每一个成员。

无论风云变幻，医生的工作都不可或缺，他们一直承担着重大使命。医生必须亲近病人，必须深入了解病人心理，感同身受才能帮助他们战胜苦难。

几个月之前，哈瓦那曾经发生一件事。有一批刚毕业就成为医生的学生，不想到偏远的农村去，如果必须去的话，他们要求得到额外的报酬。在过去，这种事完全合情合理。

至少我可以理解他们的做法。我记得以前就是这样，几年前的人们都有这样的想法。比如古罗马斗兽场中抗争的勇士们，一直在为了优越的环境、美好的前途以及社会认同而孤身奋战。

大部分学生得以完成学业并准备走向医学行业，是因为他们的家庭完全可以负担几年的学费。可是，设想一下，如果不是他们而是两三百个农民奇迹般地走出校门走向工作岗位，会是什么样的状况呢？

显而易见，他们会马上返回农村，带着满腔热血、同他们的亲朋好友相聚。他们肯定会肩负起一切责任，向所有人证明自己几年的努力效果显著。六七年后，又会有新的学生（农民或者工人的孩子）带着各行各业的登记证书奔赴不同的工作岗位。

我们不能戴着有色眼镜去看待一切，不能将人简单地划分为农民的后代、工人的后代或者反革命分子的后代。这种过于简单的划分与事实不符。可以说，相比其他方式，只有在革命中才能历练出一个受人爱戴和尊敬的人。

我们当中最先到达格拉玛省的人，定居在马艾斯特腊山，和农民工人一起生活，并学着尊重他们，但我们谁都没有做过农民或者工人。当然，有些人在儿童时代也曾被迫工作，有些人也曾过过节衣缩食的生活。但是我们当中从来没有人经历过真正的饥饿。我们第一次和饥饿亲密接触，还是在马艾斯特腊山度过的那两年时光，而且饥饿非常短暂。自那之后，很多事情就不言自明了。我们明白了，相比那些富人的财产，一个人的生命要贵重千万倍。尽管我们不是农民或者工人的后代，但在那里我们了解了他们的生活。因此，我们有什么资格自顾自地大喊自己是古巴地位崇高的人？有什么资格说其他古巴人不会学习？没错，每一个古巴人都会学习。事实上，在革命的要求下，他们应该学习知识，应该清楚地了解到相比高额的工资服务他人才更有意义，应该清楚地了解到相比囤积财富人们的感激更持久、更永恒。作为一名医生，应该在力所能及的范围内积累更多的财富，这种财富就是来自人们的感激，是至高无上的。

我们必须粉碎旧观念，亲切地、真实地融入到人民群众中。我说的融入并不是普通意义的接近，并不是有些人说的："不，我们和人民是朋友。我非常愿意同农民和工人聊天。每逢周末，我都会在某个地方看某样东西。"我想，大家都做过这种事情，但以前是出于施舍，现在我们要做的是团结。我们融入人民的时候，不能说什么"我来了，我来施舍你们，我来教化你们，我来指导你们，我要证明你们缺乏教养，证明你们没有掌握基本知识"。我们应该以满腔热情、以谦逊的态度，向人民学习，因为他们才是伟大智慧之源。

我们注意到，我们烂熟于心的观念并不完全正确，其中的错误已经化作我们生活的一部分，当然这些错误也化为我们意识的一部分。我们必须不断更新自己的观念，需要改变的不只是社会观、世界观和哲学观，还有医疗观。到时候，我们会看到和城里大医院不同的救治病人的方式。我们会看到医生也会劳作，会种植新作物。我们要通过言传身教来推动新食物的消费，来改善古巴人的饮食结构。古巴虽然是一个贫弱的农业小国，但它具备成为全世界最富有国家的潜力。到时候我们便会明白，我们要做诲人不倦的好教师，要做优秀的政治家。最忌讳的就是炫耀我们的聪明才智，最先做到的应该是和人民一同学习，一同追求共同的理想，一同建设新古巴。

我们采取了众多改革措施，从 1959 年 1 月 1 日到现在发生的巨变是传统方式所无法衡量的。不久之前，人们看到了一个独裁者的倒台，以及一个旧体制的破产。现在，人们要明白，我们必须在崩溃的旧体制之上建立一个新的体制，建立一个带给人民无限幸福的体制。

我们坚信不疑地认为我们会同仇敌忾。我们坚信，大家在讲述反对垄断时，都会铿锵有力地喊出"美利坚合众国的垄断政府就是我们的敌人，而且是整个拉丁美洲的敌人"。但这个时候，他们会偷偷看一眼旁边的人，看看是否有人在窃听自己的发言并向敌对国家告密。

如果每个人都明确地了解到这就是我们的敌人，如果我们明确了自己的立场，知道无论敌人是谁，我们都会奋起反抗，那么我们将具有共同点，就可以开始下一步行动。我们想在古巴达到什么目的？我们的需求是什么？我们是否真的希望人民获得幸福？我们是否要为古巴的经济自由奋起反抗？我们是否要为不依靠任何国际军事联盟、制定决策时不咨询某个国家的意见而奋起反抗？我们是否想打破财富垄断、把富人的财产平均分给身无分文的人？创新将带来永无止境的快乐，我们是否想创新？如果答案是肯定的，那么我们的目标将非常明确。在紧要时刻、危难时刻、创造时刻，最强大的敌人以及最伟大的目标才是最重要的事情。如果我们意见一致，如果我们都知道接下来要做什么，那么，无论发生什么，我们都不能停止我们应该做的事情。

我刚才提到过，要成为一名革命者，就要发起一场革命。现在，一场革命正在悄然展开。我们必须熟识我们的战友，我们必须彼此了解。但现在我们还不了解对方，未来的路还很漫长……可是，只要我们目标明确，只要我们了解敌人，只要我们明确前进的方向，我们就可以规划行程、执行计划。没人知道路有多长，但这是每个人的必经之路，是我们必须做的事情，是我们从自我经历中得到的成果，是我们对自己职业的实践，是为人民的幸福做出的贡献。

如果我们已经准备好走向未来，就一起遵循塞·马蒂的那句话“行动是最雄辩的言语”。虽然我尚未将这句话付诸实践，但让我们一起迈开大步，共同开创古巴美好的未来吧！

格瓦拉小传

作为《时代周刊》的“世纪标杆人物”之一，格瓦拉出生于1928年6月14日，出生在阿根廷的罗萨里奥。他有多次拉丁美洲之旅，包括他就读于布宜诺斯艾利斯医学院的时候以及他一毕业就动身的旅行，当然，更包含了他与阿尔维托·格拉纳多的一次几乎不现实的旅行——骑着大力神二号的环拉丁美洲之旅，也就是这些旅行日记记载的旅程。

如果不是1954年雅克布安本慈的一次民主选举被CIA组织的军事活动所推翻，格瓦拉就已经在危地马拉城参与政治活动了。因为遇见了这次激进行动，格瓦拉放弃政治逃往了西班牙。

根据在危地马拉城地建立起来的联络关系，格瓦拉在西班牙建立起了一个古巴流亡者的革命组织。1955年7月，格瓦拉会见了菲德卡斯徹并立即招募古巴游击队员征战，推翻了福根西欧巴蒂斯塔的独裁统治。古巴人民亲切地称呼诶内斯托“切”——这是阿根廷常见的一种地址表示形式。

1956年是2月25日，格拉瓦以马埃斯特腊山武装反抗游击队医生的身份，乘坐“祖母号”快艇前往古巴。短短数月，他成了反政府军队的最高指挥官，同时他仍然负责医治受伤的游击队员并俘虏巴蒂斯塔的士兵。

1958年9月，格瓦拉在瓦解巴蒂斯塔的军事行动中扮演了非常重要的角色，他和卡梅隆圣菲格斯各自带领游击小分队，从马埃斯特腊山西边进攻，一举拿下胜利。

自1959年1月1日巴蒂斯塔逃亡后，格瓦拉变成了革命组织的核心领导人。最初是国家土地改革工业协会的最高官，其次是国家银行行长。1961年2月，他荣膺工业部部长。他同时还是一个政治组织的核心领导者之一，这个政治组织在1965年成为了古巴共产党组织。

除了这些具有标志性的身份地位，在世界上，格瓦拉还同时代表着古巴革命政府。他曾多次带领代表团在美国、亚洲、拉丁美洲以及其他的一些社会主义联盟国论坛发表演说。他为自己赢得了第三世界最兼具激情与逻辑的发言人的声誉，尤其是在美国洲际组织大会上公开指责时任总统肯尼迪组织进步联盟一事，更让他名声大噪。

从一开始加入古巴革命组织，格瓦拉逐步完成了他的使命和心愿，1965年4月，他决定离开古巴，最初是要领导刚果的一股游击革命力量进行抗争。同年12月，格瓦拉秘密潜回古巴，为玻利维亚的一场游击革命力量做准备。1966年十一二月到达玻利维亚后，格瓦拉立即投身到反抗国家武装独裁的革命准备中，并最终燃起了遍及拉丁美洲大陆的革命星星之火。1976年10月8日，格瓦拉被美国控制训练的玻利维亚反革命军队俘虏并受伤。不久后格瓦拉便被秘密杀害，尸体也被藏匿。

1997年，格瓦拉的遗体得以找到并返送回古巴。在圣塔克莱拉，这个格瓦拉在古巴革命中去取得过至关重要胜利的地方，后来建立了格瓦拉的纪念像，以缅伟人。